AF199909

Torge Naß

Das Licht am Ende des Traums

Erzählung

1. Auflage © 2017
Text, Layout & Gestaltung: Torge Naß
Herstellung und Verlag:
BoD - Books on Demand, Norderstedt

ISBN: 978-3-7460-4928-1

Für alle,
die sich vergeblich bemüht haben,
zu mir durchzudringen.

„Ich habe Angst, Angst davor, mich niemals erklären zu können. Mir nicht und allen anderen auch nicht. Meine unerreichbaren Träume, meine Ziele, die keine sind, meine Ansichten, die keiner teilt."

- Auszug aus Lailas Klagebuch

Laila

Hellblau leuchteten die Ziffern ihres Mp3-Weckers im Dunkel des Zimmers. Es hatte eine Zeit gegeben, in der die angezeigte Uhrzeit sie beunruhigt hätte. Schließlich musste sie am Morgen zur Schule und ausgeschlafen sein. Aber ausgeschlafen war Laila schon lange nicht mehr gewesen. Selbst dann nicht, wenn sie eigentlich genug geschlafen hatte. Insofern machte es keinen Unterschied, wann oder ob sie überhaupt schlief. Dabei wären die Bedingungen dafür, in einen erholsamen Schlaf zu fallen, an sich ideal: Bis auf das blasse Licht des Weckers war es vollkommen dunkel im Raum, die Bettdecke hielt sie warm und außer dem gelegentlichen Knacken in der Heizung war nichts zu hören.

Die Bedingungen wären gut, läge nicht dieser unbeschreibliche Druck auf ihrem Brustkorb. Diese Schwere, die sich über ihr Herz legte, als würde jemand versuchen es mit den Händen zu erdrücken. Sie bekam kaum Luft. Mühsam wälzte Laila sich auf die Seite und schlang ein Stück der Bettdecke zwischen ihre Beine. Aber auch das half nicht. Ihre Augen meldeten die Bereitschaft zu tränen, all den Schmerz herauszulassen. Nur war da nichts. Sie atmete einmal laut ein und schluchzend wieder aus, wobei es sie schüttelte, als würde sie weinen. Aber ihr Schluchzen blieb trocken und stumm.

Es war aussichtslos. Wie oft hatte sie nun schon wachgelegen und krampfhaft versucht, dem Schmerz in den Schlaf zu entgleiten? Sie wusste, dass es keinen Sinn hatte, sich weiter zu bemühen. Also schlug sie die Decke weg und richtete sich auf. Ohne das Licht einzuschalten erhob sie sich und ging zum Fenster, wo sie den Schalter ertastete, der den Rollladen betätigte. Der Rollladen fuhr schwerfällig auf. Gleißendes Mondlicht fiel in das Zimmer wie das Scheinwerferlicht der Außenwelt. Laila nahm keine Notiz von dieser Außenwelt, sondern machte auf dem Absatz kehrt. Sie streifte ihr Nachthemd ab und ließ es achtlos zu Boden fallen. Nun trug sie nichts außer ihrem Slip. Ihr nackter Körper schimmerte blass im Mondlicht.

Auf einer kleinen Borte an der gegenüberliegenden Wand stand ein gläsernes Ei. Es war mit Wasser gefüllt. Vorsichtig nahm sie es herunter und stellte es auf den Teppich vor ihrem Bett. Als das Mondlicht darauf fiel, erstrahlte ein Algenzweig im Inneren des Eies und drumherum trieben seelenruhig ein paar winzige Garnelen. Es war gewissermaßen ein selbsterhaltendes Aquarium, in dem sich die Garnelen von Mikroben ernährten, die von der Alge lebten, welche nur Sonnenlicht und CO_2 brauchte, das sie von den anderen Lebewesen bekam. Laila hatte die kleinen Tierchen darin gern. Sie taten tagein tagaus nichts anderes, als geradezu stoisch herumzutreiben und zu fressen. Sorgen hatten sie sicher keine, vermutlich nicht einmal Gedanken. Ein beneidenswerter Zustand, wie Laila fand.

Sie legte sich hinter dem Ei auf den Teppich und rollte sich zusammen, sodass sie den Algenzweig direkt vor sich hatte. Dann stellte sie sich vor, sie würde mit den Garnelen im Wasser treiben. Bei ihnen war sie stets willkommen. Sie leisteten ihr tröstende Gesellschaft, ohne irgendwelche Fragen zu stellen. Laila stellte sich vor, sie wäre eine von ihnen und würde die Welt einfach sein lassen. Die nächtliche Kühle auf ihrer nackten Haut gab ihr die Illusion von Feuchtigkeit, während sie mit ihren stummen Kameraden um das spärliche Grün schwamm. Bald verschwand der Raum um sie herum und es gab nur noch das abgeschlossene Innere des gläsernen Eis. Nichts außerhalb dieser Sphäre spielte mehr eine Rolle.

Ben

Carol: „Willst du es dann noch mal mit dem Sofa versuchen?"

Ben: „Bloß nicht, schon bei dem Gedanken daran bekomme ich Rückenschmerzen!"

Carol: „Sonst könnten wir dir auch eine Liege ins Wohnzimmer stellen, wenn es dir nichts ausmacht, jeden Abend den Tisch beiseite zu räumen."

Ben: „Und wenn ich in Lailas Zimmer schlafe? Dann bräuchte ich die Liege immer nur auf und zu zu klappen."

Carol: „Das ginge natürlich auch, sofern sie nichts dagegen hat."

Ben: „Warum sollte sie etwas dagegen haben? Das wird doch bestimmt lustig – wie in alten Zeiten!"

Carol: „Du vergisst, dass sie kein kleines Mädchen mehr ist, mein Schatz. Mädchen in ihrem Alter brauchen ihre Privatsphäre."

Ben: „Ach was, das geht bestimmt in Ordnung. Ich rede mal mit ihr.

Wie geht es Laila überhaupt? Liegt sie immer noch manchmal nackt auf dem Boden herum?"

Carol: „Hach, frag nicht! Es wird immer schlimmer mit ihr. Wir haben ihr schon gesagt, sie soll damit aufhören, aber das ist zwecklos. Sie ist nun auch immer öfter einfach so weggetreten. Manchmal redet man minutenlang mit ihr, bis sie mitten drin plötzlich 'Was?' fragt, weil sie überhaupt nicht zugehört hatte."

Ben: „Oh Mann, und ich dachte, es könnte vielleicht eine ganz nette Zeit werden mit uns allen wieder zusammen... Naja, wird schon irgendwie werden. Ich muss jetzt Schluss machen, ich gehe gleich auf die Semesterabschlussparty!"

Carol: „Ist gut, Schatz, ich wünsche dir viel Spaß!"

Ben: „Danke, Mom, bis dann!"

Auf der einen Seite wollt ihr, dass ich jede Woche zum Psychotherapeuten gehe und diese verdammten Dinger schlucke, damit es mir besser geht und ich nicht von der Brücke springe. Und andererseits untersagt ihr mir das Einzige in meinem Leben, das mir irgendwie noch Halt gibt. Ihr habt ja keine Ahnung! Ich bin gerade voller Hass und Unruhe. Wo soll ich abends um 23:00 Uhr sonst damit hin?

Bernard

Am Morgen klopfte Lailas Vater an ihre Zimmertür.

„Aufgewacht, junge Dame, Zeit zum Aufstehen", flötete er im Bemühen, nicht als Übermittler des ungeliebten Weckrufes von ihr gekreuzigt zu werden. Verzweifelt versuchte er seine Krawatte zu binden, während er auf eine Reaktion wartete. Diese blieb aus. Also klopfte er erneut.

„Wach auf, mein Spatz, du kommst zu spät zur Schule!" Wieder nichts. Daraufhin öffnete er die Tür einen Spalt breit. Als er vorsichtig hindurchlugte, entfuhr ihm sogleich ein Seufzen.

„Nicht schon wieder." Er ließ seine hoffnungslos verwirrte Krawatte los und trat ins Zimmer. Kurz darauf durchbrach ein markerschütternder Aufschrei die morgendliche Stille des Hauses:

„Carol!" Unten in der Küche ließ Lailas Stiefmutter sofort alles stehen und liegen und stürmte die Treppe hinauf.

„Ja, Bernard, wo bist du?"

„In Lailas Zimmer, komm schnell!" Carol rollte mit den Augen. Dieses Mädchen! Was war nun schon wieder?

Sie trat in Lailas Zimmer und musste erst einmal das Licht einschalten. Sie fand ihren Ehemann auf dem Boden, seine reglose Tochter in den Armen haltend. Lailas Augen waren offen, starrten jedoch glasig ins Leere.

„Was ist passiert?", fragte sie erschrocken. So hatte sie ihre Stieftochter noch nicht zu Gesicht bekommen.

„Sie wacht nicht mehr auf", erklärte Bernard. „Dieses Mal will sie einfach nicht mehr aufwachen."

„Atmet sie denn noch?" Bernard horchte, vermochte jedoch nichts zu hören. Wenn man genau hinsah, konnte man allerdings erkennen, dass sich Lailas Brustkorb ganz sacht hob und senkte. Sie lebte.

„Ja... ja sie atmet noch", bestätigte Bernard. „Schnell, hilf mir, ihr etwas überzuziehen, ich bringe sie zu Dr. Daneberg ins Krankenhaus!" Keine Minute später trug er hastig seine Tochter aus ihrem Zimmer. Als Carol im Rausgehen das Licht ausmachen wollte, wunderte sie sich, dass sie es überhaupt hatte einschalten müssen. Warum war denn der Rollladen noch zu? Der sollte sich doch automatisch öffnen und draußen war bereits helllichter Tag. Sie ging zum Fenster und ließ den Rollladen auffahren. Auf dem Weg hinaus stolperte sie fast über das Glasei, das nun frei und deplatziert auf dem Teppich stand. Sie hob es auf und stellte es ohne groß darüber nachzudenken zurück ins Regal – der Ordnung halber.

Laila

Ganz plötzlich war Laila herumgewirbelt worden und kurz darauf war das Wasser weg gewesen. Laila lag nun schutzlos auf kargem Boden. Wo war sie? In einer Höhle? Ja, das musste es sein. Sie hatte sich offenbar die ganze Zeit in einer Höhle befunden, die bei Hochwasser geflutet wurde. Aber nun war das Wasser wieder abgeflossen und sie war allein zurückgeblieben. Ihre Freunde, die Garnelen, waren mit der Ebbe hinausgesogen worden. Nun lag Laila auf dem Trockenen. Über ihr war durch ein Loch in der Decke der Himmel zu sehen. Sie lag einfach nur da und schaute zu, wie die Wolken vorüberzogen.

Wenn sie nicht zurück ins Wasser gelangte, würde sie wohl bald sterben. In der Ferne hörte sie das Meer rauschen. Vielleicht könnte sie es bis bis dorthin schaffen, wenn sie sich nur aufraffte und um ihr Leben kämpfte. Jedoch fehlte ihr jede Motivation dazu. Sollte sie sich bis zum Meer kämpfen, nur um zuhause wieder aufzutauchen und in die beschissene Schule zu gehen, wo sie vor Langeweile verrecken würde? Dann würde sie eben gleich hier sterben, na und? Eine Garnele fürchtet den Tod nicht. Sie hat weder etwas zu verlieren, noch etwas zu gewinnen. Vermutlich hat sie überhaupt keine Gefühle. Also blieb Laila einfach liegen und ließ die Wolken weiter vorüberziehen.

Bernard

„Ich habe ja gleich gesagt, wir müssen in dieser Sache etwas unternehmen", sagte Carol im Auto. „Aber du wolltest ja nicht auf mich hören." Sie warf einen besorgten Blick auf die Rückbank. Laila hatten sie auf den Rücksitz legen müssen, weil sie sich vollkommen in ihrer Haltung versteift hatte.

„Ich habe sie doch schon zur Therapie geschickt, was soll ich denn noch tun, wenn sie die nicht annimmt?" Bernard schlängelte seinen Wagen waghalsig durch den zäh fließenden Verkehr.

„Mehr Druck ausüben zum Beispiel. Manchmal muss man die Kinder zu ihrem Glück zwingen."

„Eine Therapie hilft nur, wenn man einsieht, dass man Hilfe braucht und bereit ist, sich zu öffnen! Sie zu irgendetwas zu nötigen, wird sie doch nur noch unzugänglicher machen als ohnehin schon. Außerdem hatte ich die ganze Zeit die Hoffnung, es wäre nur so eine pubertäre Phase, die sich mit dem Erwachsen-werden wieder legen würde." Er hieb auf die Hupe ein, um einen unaufmerksamen Fußgänger davon abzuhalten, auf die Straße zu treten.

„Nur so eine Phase? Glaubst du denn, dass viele Mädchen in ihrem Alter nachts nackt und völlig weggetreten wie ein Shrimp auf dem Fußboden herumliegen?"

„Ich bitte dich, Carol, das bringt uns doch jetzt auch nicht weiter!" Bernard fluchte über das Verhalten der anderen Verkehrsteilnehmer.

„Sag ihnen nachher bloß, dass die sie auf Drogen testen sollen", fügte Carol an. „Es würde mich nicht wundern, wenn sie irgend so einen neuen Designermist eingeworfen hätte!"

„Mhm." Bernard schenkte dieser typischen Unterstellung wenig Beachtung, sondern drückte kräftig auf das Gaspedal, um in letzter Sekunde noch über eine Kreuzung zu brettern.

„Um Himmels Willen, Bernard, deiner Tochter ist sicher auch nicht geholfen, wenn du auf dem Weg zum Krankenhaus einen Unfall baust!"

„Es ist gut jetzt, Carol! Ich versuche nur so schnell wie

möglich ins Krankenhaus zu kommen. Wenn ich ein Blaulicht hätte, würde ich es benutzen, okay? Aber ich habe nun mal keines."

In einem Film, den ich vor Kurzem gesehen habe, zog sich ein zurückgebliebener Junge, wenn er Probleme hatte, an seinen geheimen Platz zurück und stellte sich vor, dass er eine Wolke sei. Denn als Wolke bräuchte man sich um nichts zu sorgen.

Wenn man so eine Wolke ist, hat man vermutlich den gleichen Geisteszustand, wie wenn man tot ist, also einen erstrebenswerten Zustand.

Immer, wenn ich abends zu Bett gehe, wünsche ich mir, am nächsten Tag einfach nicht wieder aufzuwachen. Aber ich werde jedes Mal enttäuscht. Dann muss ich einen weiteren beschissenen Tag in der Schule verbringen und Scheiße fressen.

Vor einiger Zeit habe ich mal gehört, Aborigines könnten allein kraft ihrer Gedanken die Blutzufuhr zum Gehirn abschneiden. Vollkommen abwegig scheint mir das nicht, wenn ich an Fakire denke. Manchmal versuche ich diese Technik herauszufinden. Dann liege ich nachts im Bett und konzentriere mich darauf, mein Gehirn vom Rest des Körpers zu entkoppeln. Natürlich ohne Erfolg.
Am Ende bleibt mir doch nichts anderes übrig, als mich in die Sphäre zurückzuziehen. Das kommt der Erlösung noch am nächsten.

Laila

Laila lebte noch eine Weile. Auch gut. Als Garnele war ihr das gleich. Nur eines beunruhigte sie. In einiger Entfernung konnte sie menschliche Stimmen hören, die miteinander redeten und etwas ratlos klangen. Das mussten Höhlenforscher sein, die über den Weg diskutierten. Was, wenn die sie hier fänden? Vorbei wäre es mit der himmlischen Ruhe! Laila blieb still liegen und rührte sich nicht. Vielleicht würden die Höhlenforscher sie einfach übersehen, wenn sie mit der Umgebung verschmolz. Angestrengt stellte sie sich vor, ihre Hülle würde sich grau verfärben wie das Gestein um sie herum. Die Stimmen kamen näher, wurden lauter und eindringlicher. Worüber sprachen sie? Laila vermochte es nicht zu sagen. Zu laut dröhnte und pfiff es in ihren Ohren. Ihr Herz raste. Die Stimmen waren fast da. Sie mochte gar nicht hinsehen, traute sich aber auch nicht, die Augen zu schließen. Denn diese Bewegung könnten sie bemerken. Starr hielt sie ihren Blick geradeaus gerichtet.

Plötzlich erschien ein bärtiges Gesicht vor ihr. Tatsächlich ein Höhlenforscher. Seine Helmleuchte brannte gleißend über seinem Kopf. Das grelle Licht blendete sie fürchterlich. Dennoch zwang sie sich, weiter geradeaus zu starren, sich bloß nicht zu verraten. Der Höhlenforscher musterte sie mit fragendem Blick. Hatte er sie noch gar nicht erkannt? Vielleicht nicht. Vielleicht war sie gut genug mit der Umgebung verschmolzen. Er beugte sich vor und leuchtete ihr direkt in die Augen. Laila hielt den Atem an, stellte sich tot. *Verschwinde doch, hau wieder ab!* Der Höhlenforscher schürzte die Lippen.

„Keine Reaktion. Wir müssen ein paar Scans durchführen", sagte er. „Helft mir mal, sie gerade hinzulegen." *Nein, tut das nicht! Ich bin ein Stein. Lasst mich liegen! Ich bin ein Stein. Nein, lasst mich!* Aber da wurde sie schon von Händen ergriffen, die sie auseinanderzogen, als wollten sie die arme Garnele pellen.

Bernard

„Willst du nicht endlich mal deine Krawatte zu Ende binden?" Carol war es ein Dorn im Auge, dass ihr Mann die ganze Zeit herumlief, als wolle er sich an seiner Krawatte erhängen. Bernard reagierte nicht darauf, sondern lief unbeirrt im Wartezimmer auf und ab.

„Soll ich sie dir schnell binden?" Bernard gab einen abwehrenden Laut von sich und riss sich die Krawatte stattdessen einfach herunter. Dann kam endlich der Doktor herein, die Hände in den Taschen seines Ärztekittels vergraben.

„Was gibt es Neues, Doktor?" Das Ehepaar sah ihn erwartungsvoll an.

„Nun, erst einmal: Wir haben keine Drogen in ihrem Blut feststellen können", berichtete Doktor Daneberg. Bernard warf einen flüchtigen Seitenblick zu seiner Frau, die seinen Blick aber nicht erwiderte.

„Und auch sonst scheint sie körperlich in guter Verfassung zu sein. Im Augenblick gehen wir stark davon aus, dass es sich um ein rein psychisches Problem handelt. Es scheint im Endeffekt so eine Art Trance zu sein."

„Ist sie denn noch immer nicht bei Bewusstsein?", fragte Bernard, der sich schlicht weigerte, die Hoffnung aufzugeben, alles könne sich schon in Kürze von allein wieder einrenken. Doktor Daneberg schüttelte den Kopf.

„Nein, tut mir leid. Bisher ist noch keine Besserung ihres Zustandes zu verzeichnen. Laut der Neurologie kommen äußere Reize zwar durchaus in ihrem Gehirn an und werden dort zum Teil auch verarbeitet. Nur führt dies aus irgendeinem Grund nicht zu einer von außen erkennbaren Reaktion. Es ist geradezu, als würde sie sich der Außenwelt verweigern", sagte er. Bernard fuhr sich durchs Haar.

„Es ist also im Grunde wie immer, nur, dass sie dieses Mal einfach nicht mehr daraus aufwacht", sagte er mehr zu sich selbst.

„Dann ist es also nicht das erste Mal, dass Sie ihre Tochter so sehen?", fragte Daneberg erstaunt und schaute dabei in zwei fassungslose Gesichter.

„Ja, wissen Sie denn nichts davon, Herr Doktor?", fragte Carol.

„Nein, woher sollte ich?"

„Sie sind doch Lailas Psychiater! Ich hätte gedacht, wenn überhaupt jemand etwas weiß, dass Sie es sind und dass Sie uns nun endlich einmal darüber aufklären würden, was mit ihr los ist!" Daneberg zwang sich zu lächeln.

„Gewiss, Mrs. Waters. Ich weiß jedoch nur, was Laila mit in unsere Sitzungen bringt und das ist nicht viel."

„Okay, okay", schaltete sich Bernard ein, der auf keinen Fall vom Thema abkommen wollte. „Nein, das ist nicht das erste Mal, dass Laila geistig... abwesend ist, aber bisher hatten diese Phasen nie sehr lange angedauert. Sie ist auch immer von selbst wieder aufgewacht." Er atmete einmal tief durch. „Also, wie geht es weiter? Was passiert nun mit ihr?"

„Lailas Stresslevel ist derzeit sehr hoch. Sie verkrampft sich zudem immer wieder in ihrer Embryonalstellung. Selbst nachdem wir sie für die MRT gerade ausgestreckt hatten, kehrte sie umgehend wieder in diese Haltung zurück. Deswegen werden wir erst einmal versuchen, sie mit Beruhigungsmitteln herunter-zufahren. Wenn sie so weit stabil ist, können wir anfangen zu versuchen, sie mit verschiedenen Antipsychotika und Antidepressiva aus ihrem Wachkoma ähnlichen Zustand zu holen", erklärte Doktor Daneberg.

„Anfangen zu versuchen?! Das hört sich nicht gerade vielversprechend an", bemerkte Bernard, der unentwegt seine zusammengeknüllte Krawatte malträtierte.

„Mr. und Mrs. Waters, es würde uns sehr helfen, wenn Sie sich mit unseren Psychiatern und Neurologen über ihre Tochter unterhalten würden. Irgendwelche Vorkommnisse der letzten Zeit, die ihr Verhalten ausgelöst haben könnten. Überhaupt möchte ich alles über ihre früheren Trance-Zustände wissen. Wach werden wir sie ganz sicher wieder kriegen. Die Frage ist nur, wie es dann weitergeht. Wir müssen an die Ursache ihres Verhaltens gehen. Jede Information Ihrerseits könnte uns dabei helfen, Lailas Zustand weiter aufzuklären."

„Ja, natürlich. Aber ich fürchte, dabei wird nicht viel herumkommen. Laila hat in der letzten Zeit kaum noch mit uns gesprochen", sagte Bernard niedergeschlagen. „Kann es mit den Medikamenten zusammenhängen, die Sie ihr damals verschrieben haben?"

„Derartige Nebenwirkungen sind bislang bei keinem bekannten Fall aufgetreten. Es ist bekannt, dass diese Antidepressiva sehr müde machen. Aber dann würde sie einfach nur einschlafen und ebenso wieder weckbar sein." Bernard schüttelte ratlos den Kopf.

„Nein", sagte er. „Soweit ich weiß, hatte sie in letzter Zeit viel eher Probleme einzuschlafen, als damit zu viel zu schlafen."

„Nimmt sie die Tabletten denn überhaupt regelmäßig?", fragte Carol ihren Mann. „Ich bin mir da nämlich nicht so sicher."

Ohne irgendetwas über die Wirkungsweise zu wissen, habe ich schon nach der ersten Tablette eine Vermutung, wie der Scheiß funktionieren soll. Der Wirkstoff, so denke ich, soll bestimmte Regionen im Gehirn anregen, die für das Leid verantwortlich sind, und so zur Verarbeitung der Probleme führen.

Davon abgesehen, dass die laut Verpackungsbeilage möglicherweise auftretende „leichte Übelkeit" bei mir natürlich voll zuschlägt, durchlebe ich gerade eine Menge Scheiße, die ich gar nicht wieder durchleben will.

Ahh! Übelkeit und seelischer Stress – keine gute Verbindung, keine gute Verbindung! Das soll aufhören! Es riss mich frühzeitig aus dem Schlaf und hält mich jetzt wach. Ich will es nicht, ich will das nicht!

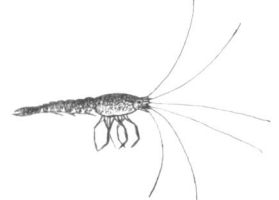

Ich begebe mich in die Abhängigkeit, um Freiheit zu erlangen. Nachts fahre ich erschrocken auf, um eine vergessene Tablette einzunehmen, da ich sonst erfahrungsgemäß wieder abstürzen würde.

Laila

Auf einmal verschwand das letzte bisschen quälenden Drucks auf ihrer Brust, als löse sich eine schwere Klammer von ihr. Laila fühlte sich nun ganz leicht, geradezu unbeschwert, als schwebe sie über den Dingen. Gemächlich wie ein Heliumballon stieg sie immer weiter empor, hinauf zu den Wolken, die völlig unbekümmert und ohne jegliches Ziel am strahlend blauen Himmel trieben. Jeglicher Schmerz, alle Kälte war aus ihrem Körper gewichen und ihren Geist erfüllte nichts als das, was sie sah: Wolken und Sonnenschein. Ein laues Lüftchen umschmeichelte ihr Gesicht, der einzige Hinweis darauf, dass sie überhaupt noch da war. So hätte es von ihr aus ewig weiter gehen können, bis der Strom der Zeit versiegt wäre oder sie hinfortgespült hätte.

Nach einer Weile, es mochte nur ein Augenblick oder eine Ewigkeit verstrichen sein, war ihr, als höre sie eine Stimme. Neugierig lauschte sie in das Wolkenmeer hinein. *Laaaaaaiiiiiilaaaaaa...* drang es durch das Säuseln des Windes an ihr Ohr. Rief dort jemand ihren Namen? *Laaaaaaiiiiiilaaaaaa...* Tatsächlich, da war es wieder! Es war ganz leise und schien aus weiter Ferne zu kommen, aber es bestand kein Zweifel: Jemand rief nach ihr. Wer mochte das sein? Laila war nicht neugierig genug, sich umzusehen. Sie trieb einfach weiter dahin. Ließ die Stimme weiter rufen. *Laaaaaaiiiiiilaaaaaa...* Irgendwie klang diese Stimme vertraut, sehr vertraut sogar. Aber sie konnte sich nicht entsinnen, woher. Auch konnte sie sich nicht genug darauf fokussieren. Zu schön war das Wolkenbild um sie herum. Wenn die Person näher kam, würde sie schon sehen, wer es war. Und wenn nicht, dann eben nicht.

Dann ganz plötzlich war die Stimme neben ihr. Es war ihr Vater, der sich dort aus dem Wolkendunst löste. Er kam auf einem schwebenden Felsen mit einer Windmühle darauf, die sich wie ein Propeller drehte. Er musste ordentlich in die Pedale treten, um sie anzutreiben.

„Laila, da bist du ja", sagte Bernard völlig außer Atem. „Ich habe dich schon überall gesucht." Laila reagierte nicht. „Willst du nicht mit uns kommen? Wir haben uns solche Sorgen um dich gemacht. Bitte, Schatz, komm wieder zu uns!" Nun schaute Laila ihn an, wie er sich abstrampelte, damit die Mühle sich weiter drehte und in der Luft stehen blieb. Welch Anstrengung musste es gekostet haben, den Felsen überhaupt erst in die Luft zu bekommen! Warum tat er sich das bloß an? Dann sah sie sich den Felsen an, auf dem die Mühle stand, ein Stück des Erdbodens, von dem Bernard samt Mühle abgehoben war. Als Laila genauer hinsah, erkannte sie, dass der Boden in Wahrheit nicht aus Erde, sondern aus zusammengepressten Sorgen bestand, über die Gras gewachsen war. Schwarze, klebrige Masse bröckelte ächzend davon ab und stürzte in die Tiefe. Schnell wandte sie sich wieder den Wolken zu, um bloß nicht aus dem Gleichgewicht zu geraten. Auf keinen Fall wollte sie dorthin zurück! Warum diese Mühe auf sich nehmen, auf einem Brocken aus Sorgen einer Welt aus Leid zu entfliehen, wenn sie sich auch einfach so ihren Sorgen entziehen konnte?

„Wenn du nicht mitkommst, wird dich der Wind davontragen. Dann wirst du nie wieder zu uns zurückkommen können. Ich bitte dich, Liebling, sag doch etwas!" Die Stimme ihres Vaters bekam einen flehenden Unterton. Laila atmete einmal tief durch, antwortete aber nicht. Kurz darauf schallte eine Frauenstimme zu ihnen herüber:

„Bernard, du musst schneller treten, die Mühle dreht sich nicht mehr richtig!"

„Ja doch, gleich", antwortete Lailas Vater.

„Aber uns geht bald das Mehl aus, wenn die Mühlsteine

nicht mehr mahlen", tönte es aus der Eingangstür.

„Dann musst du eben mal kleine Brötchen backen, Carol! Ich unterhalte mich gerade mit meiner Tochter." Kaum, dass er ausgesprochen hatte, wich der kurze Ärger auf seinem Gesicht einem Schatten der Sorge.

Bernard

„Kann sie mich überhaupt hören?", fragte Bernard. Doktor Daneberg zog die Schultern an, die Hände noch immer in den Taschen, wo sie unruhig mit Kugelschreibern und anderem Krempel herumspielten. Sein Blick schweifte über die Armaturen und Geräte neben Lailas Krankenbett, über die Infusionspumpe und den Schlauch zur Kanüle in ihrem Unterarm.

„Sie schläft nun", sagte er. „Wie Sie hier an den typischen Schlafspindeln sehen können." Er zeigte auf die Anzeige des EEG. „Wer weiß schon, was ihr Gehirn gerade aus der Außenwelt macht? Vermutlich nicht viel." Bernard nickte. Sanft strich er seiner Tochter über das Haar.

„Hören Sie", setzte Daneberg wieder an. „Sie können hier im Augenblick nichts mehr tun. Laila wird nun sicher noch eine ganze Weile schlafen, bevor die Medikation ihre Wirkung tut. Was halten Sie davon, wenn Sie nun nach Hause fahren und versuchen, sich ein wenig zu entspannen? Wir benachrichtigen Sie, sobald sich etwas Neues ergibt." Wieder nickte Bernard. Dann, nach einer Weile, seufzte er und erhob sich von dem Stuhl, auf dem er die ganze Zeit an Lailas Seite gesessen hatte.

„In Ordnung", sagte er mit einem Blick zu seiner Frau, die schon mit ihrer Jacke über dem Arm bereit stand aufzubrechen. „Auf Wiedersehen, Herr Doktor. Haben Sie vielen Dank dafür, dass Sie sich so viel Zeit für uns genommen haben!"

„Aber natürlich, gern. Und glauben Sie mir, wir tun unser Bestes, um Laila wieder zurückzuholen!" Die Männer reichten sich die Hand. „Auf Wiedersehen, Mrs. Waters." Auf dem Weg zur Tür schaute Bernard sich noch einmal um.

„Weiß sie eigentlich, dass Ben am Wochenende kommen wollte?", fragte er. Carol hob verwundert die Augenbrauen.

„Ich dachte, du hättest es ihr gesagt", gestand sie. Bernard schüttelte den Kopf. Erst wollte er etwas entgegnen, darauf hinweisen, dass Ben ihr Sohn sei und es deshalb ihr zugestanden hätte, es Laila mitzuteilen. Aber dann hätte Carol ihm nur entgegengehalten, dass

Laila schließlich seine Tochter sei und somit seine Aufgabe, ihr wichtige Mitteilungen zu machen. Da wurde Bernard plötzlich bewusst, wie sehr sie beide diese Familienzuteilung noch immer inne hatten und er schämte sich dafür. Also sagte er nichts.

Auch Daneberg sagte nichts. Der Name Ben Waters war ihm aus seinen Sitzungen mit Laila durchaus ein Begriff und er war sich sicher, dass sein Besuch – sobald Laila wieder bei Bewusstsein wäre – einen bedeutenden Einfluss auf die Entwicklung der Geschehnisse nehmen würde. Ob dies zum Besseren oder zum Schlechteren sein würde, vermochte er jedoch nicht vorherzusagen. Und da Bernard und Carol nicht im Bilde zu sein schienen, wollte er sie nun auch nicht noch unnötig beunruhigen. Jedenfalls nicht mehr, als sie es ohnehin schon waren.

Ich habe immer wieder dieselben schmerzlichen Gedankengänge. Mich braucht nur irgendetwas auf irgendeine seltsame Weise zu erinnern und schon spulen sich meine Gedanken ab, als würden sie auf Schienen laufen und wie eine Modelleisenbahn immerzu im Kreis fahren. Und ich kann weder bremsen noch die Weichen umstellen. Ich kann nichts tun, als in der Lok zu sitzen und dabei zuzusehen, wie sie über die ewig gleichen Schienenstränge rast. Dann muss ich laut aufschreien, um mich zurück in die Wirklichkeit zu holen, zu dem, was vor mir ist und nicht in meinem Kopf. Sonst drehe ich noch durch.

Laila

Die Wolken teilten sich und Laila konnte unter sich das weite blaue Meer sehen. Dorthin hatte sich das Wasser also zurückgezogen. Hier war ihre Gelegenheit zur Heimkehr. Die Sonne stand hoch am Himmel. Es war längst mitten am Tag. Aber Laila hatte nicht vor zurückzukehren. Für die Schule war es ohnehin zu spät. Außerdem brauchte sie hier draußen nichts zu wissen. Auch ihren Vater hatte sie vorerst abgehängt, aber er würde sie sicher nicht aufgeben. Jederzeit konnte er hinter ihr wieder aus den Wolken brechen, um zu versuchen, sie nach Hause zu holen. Also musste sie sich irgendwo verstecken. Da entdeckte sie in einiger Entfernung eine winzige Insel, die über und über mit dichtem Grün überwuchert war. Dieser Ort schien ideal.

Es tut mir leid, Papa, ich weiß, du willst mir nur helfen, aber das kannst du nicht. Niemand kann das. Es wird sich nichts ändern. Ich kann nicht so leben wie du. Ich kann mich nicht jeden Morgen aus dem Bett quälen, um mich den ganzen Tag abzustrampeln, und abends, wenn ich nach Hause komme, zu erschöpft zu sein, um mit dem Rest des Tages etwas anzufangen. Ich kann so einfach nicht leben. Du musst ohne mich auskommen, dachte sie. Dann ließ sie langsam die Luft aus ihrem

Brustkorb strömen und begann ihren Sinkflug geradewegs auf die Insel zu. Als sie schließlich über den Baumkronen schwebte, hielt sie Ausschau nach einer Lichtung, auf der sie landen konnte. Es dauerte gar nicht lange, da fand sie eine Lücke im Blätterdach. Der Boden war dicht mit Gras bewachsen, aus dem Blumen in leuchtenden Farben hervorragten. Sanft ließ sie sich mitten hineinplumpsen. Um sie herum wirbelte Pollenstaub empor, der golden im Sonnenlicht glänzte. Das Gras war weich, die Sonne schien warm und die Blumen dufteten. Über der Lichtung zogen Schäfchen-wolken dahin, als wollten sie gezählt werden. Aber das war gar nicht nötig. Die Lichtung wirkte so friedlich und einladend, dass Laila sofort nach Schlaf zu Mute war. *Bettstimmung, endlich.* Mit einem Lächeln im Gesicht streckte sie sich aus und schlief kurz darauf ein.

„Mir scheint, dir gefällt es hier", weckte sie eine warme Stimme, die so sanft klang, dass sich Laila weder erschreckte noch fürchtete. Neugierig setzte sie sich auf, konnte um sich herum aber niemanden entdecken. Nichts als Bäume und Sträucher. Erst als es vor ihr raschelte, erkannte sie eine Gestalt, die sich dort aus dem Dickicht löste.

„Natürlich gefällt es dir hier", sagte die Gestalt, „denn

hier bist du glücklich." Laila hatte große Mühe zu erkennen, was dort auf sie zukam. Es sah so aus, als würde sich der Busch auf sie zubewegen. Aber als sie die Augen zusammenkniff, zeichnete sich ein Hirsch darin ab, der mit stolz erhobenem Haupt auf sie zuschritt. Statt eines Geweihs wuchsen knorrige Äste aus seinem Schädel, die sich weit verzweigten und seinen Körper in ein dichtes Blätterkleid hüllten. Seine dunklen Augen blickten freundlich und verständnisvoll auf Laila herab.

„Wenn du hier bleiben willst, musst du aufhören zu wollen", sagte der Hirsch. Laila schaute ihn fragend an. Natürlich wollte sie bleiben, aber wenn sie aufhörte bleiben zu wollen, wie könnte sie dann noch bleiben wollen? Das ergab doch überhaupt keinen Sinn! Der Hirsch schien ihre Gedanken zu erraten.

„Und nicht nur *es* zu wollen. Du musst aufhören, überhaupt etwas zu wollen. Du musst zu einer Pflanze werden. Ich kann dir dabei helfen, wenn du das wünscht", fuhr er fort. Was sollte das wieder bedeuten?

„Pflanzen leben, ohne etwas zu wollen, darum sie sind glücklich. Nur wer unglücklich ist, wer etwas entbehrt, der will etwas. Und du bist unglücklich, deswegen bist du schließlich hierhergekommen, nicht wahr?" Laila nickte nachdenklich. Plötzlich ergab das, was der Hirsch sagte, durchaus Sinn. Sie hatte geglaubt, als Garnele bräuchte man sich um nichts zu sorgen, aber das stimmte nicht. Garnelen mussten noch immer etwas tun, um am Leben zu bleiben. Sie mussten Nahrung suchen und fressen. Im Freien mussten sie sich nach Möglichkeit vor Feinden in Sicherheit bringen. Pflanzen erledigten alles ganz von selbst. Und wenn dies einmal nicht möglich war, würden sie dies vermutlich nicht einmal mitbekommen. Nun verstand Laila, was sie falsch gemacht hatte. Sie musste nicht versuchen eine Garnele zu sein, sondern der Algenzweig!

„Gut, dann folge mir!" Sagte der Hirsch. Sie gehorchte und erhob sich aus ihrem weichen Pflanzenbett. Der Hirsch führte sie in den Wald hinein. Mühelos stolzierte er durch das dichte Gestrüpp, ohne sich bücken oder auch nur den Kopf zur Seite biegen zu müssen. Laila hingegen musste sich regelrecht hindurchkämpfen. Immer wieder verheddere sie sich und wurde aufgehalten. Es war, als liefe sie auf der Stelle. Dann bekam sie Panik, dass der Hirsch ohne sie fortgehen könnte. Aber wann immer das geschah, blieb er stehen und wartete, bis Laila sich aus den Ranken und Zweigen befreit hatte.

Als sie an einen kleinen Bach kamen, der unter den Wurzeln eines leicht erhöht stehenden Baumes mit verkrüppelten Ästen hindurch floss, blieb der Hirsch stehen.

„Hier ist es", sagte er in seiner sonoren Stimme.

Ich sehne mich nach einem ruhenden Pol – nicht nur nach der Gewissheit, dass ich mich auf meinen Kompass verlassen kann, sondern auch nach einem Menschen, einem Gastwirt, zu dem ich einkehren kann. Jemanden, bei dem ich alles drumherum vergessen kann. Jemand, der immer für mich da ist, der mich versteht, der mich auffängt und wieder aufbaut.

Ben

Ben klopfte einmal flüchtig an Lailas Zimmertür, als erwartete er, dass jemand in ihrem Zimmer wäre. Dann stieß er sie aber fast im selben Moment auf. Natürlich befand sich niemand darin. Also trat er ein, stellte seine Reisetasche auf den Fußboden und setzte sich erst einmal aufs Bett. Am Kopfende saß Franklin und schaute ihn freudig an. Franklin war ein Stofftier, welches Ben seiner Stiefschwester einmal geschenkt hatte, ein Waschbär. Warum Laila ihn Franklin getauft hatte, wusste Ben nicht. Aber er freute sich, dass sie ihn noch hatte. Er gab dem Tier einen Stubs auf die Nase. Dann ließ Ben neugierig den Blick durch den Raum schweifen. Viel verändert hatte sich nicht. Die Möbel waren noch dieselben. Sie waren sogar fast genauso angeordnet, wie sie es in dem Haus gewesen waren, in dem sie noch alle zusammen gewohnt hatten. Lediglich die vielen Poster waren verschwunden. Aber die Kunstfiguren, für die Laila früher Kleidchen genäht hatte, waren noch an ihrem Platz im Regal. Alles in allem war es noch immer ein Mädchenzimmer, in dem alles farblich zusammenpasste und Haargummis herumlagen. Die großen Kopfhörer auf ihrem Nachtisch waren neu und für die eigentlich nicht so Musik-affine

Laila von erstaunlich guter Qualität. Aber davon abgesehen deutete nichts darauf hin, dass hier ein irgendwie anderer Mensch wohnte als das Mädchen, welches Laila gewesen war, als er auszog.

Eigentlich hatte Ben sich das Zimmer während seines Besuch mit Laila teilen wollen. Er hatte sich sogar schon darauf gefreut – etwas mehr als er sollte womöglich. Aber jetzt, da Laila im Krankenhaus lag, hatte er ihr Zimmer für sich allein. Er konnte es noch immer nicht fassen, dass seine kleine Schwester wegen ihrer Spinnereien ins Krankenhaus gekommen war. Dabei hatte er erwartet, sie würde sich ebenfalls freuen, ihn wiederzusehen. Sie hatte ihn so widerwillig gehen lassen. Was war in der Zwischenzeit nur mit ihr geschehen?

Da fiel ihm Lailas Tagebuch ein. Wo bewahrte sie es noch gleich auf? Richtig, im Nachtschrank, so als sei es hinter die Schubladen gefallen. Ben kniete sich hin und fischte das Tagebuch hinter den unteren Schubladen hervor. Gar nicht so einfach, wenn man den Trick nicht kannte. Er musste ein wenig mit Buch und Schublade umherrangieren, um es herauszubekommen. Aber es gelang ihm schließlich.

In Wahrheit war es gar kein richtiges Tagebuch, da

Laila es nicht täglich führte. Sie schrieb immer nur dann etwas hinein, wenn sie einen Gedanken oder ein Erlebnis wirklich für festhaltenswert hielt oder sie sich etwas von der Seele schreiben musste. Es war also viel mehr ein *Klagebuch*. Aber gerade deswegen sollte es Lailas Emotionen und Probleme einigermaßen widerspiegeln. Als er das Buch jedoch herauszog und dabei nur am Buchrücken anfasste, klappten die Buchdeckel ein klein wenig auseinander und lauter Papierfetzen fielen heraus. Hilflos sah Ben mit an, wie sich die Fetzen wie Herbstlaub auf dem Fußboden verteilten. Kurz darauf hielt er nur noch einen leeren Buchumschlag in den Händen. Einen Moment stand Ben reglos da, dann fluchte er. Offenbar hatte Laila die Seiten ihres Klagebuches in Stücke gerissen. Jegliche Chronologie und gewiss so mancher Zusammenhang der enthaltenen Aussagen waren vollkommen durcheinander gebracht. Ihm blieb nun nichts anderes übrig, als die Schnipsel unsystematisch durchzugehen und mühsam zu versuchen, die Zusammenhänge wieder herzustellen. Er seufzte, machte sich aber sogleich an die Arbeit, indem er sich inmitten der zerrissenen Seiten niederließ und zu lesen begann. Irgendwo in diesem Durcheinander musste ein Hinweis darauf zu finden sein, wie man Laila zurückholen konnte.

Laila

Mittlerweile lehnte Laila an dem verkrüppelten Baum, die nackten Füße bis zu den Knöcheln unter Moos im Erdreich eingegraben.

„Du wirst mit dem Baum eine Symbiose eingehen", erklärte der Hirsch. „Wie du siehst, geht es ihm nicht gut. Also wirst du ihm deine Lebenskraft spenden und wirst zugleich ein Teil von ihm." Mit diesen Worten senkte er sein Haupt zum Wasserlauf hinab und trank daraus. Aber anstatt das Wasser hinunterzuschlucken, kam er herangestapft und ließ es über Lailas Schultern in den Spalt zwischen ihrem Rücken und Borke rinnen. Laila spürte, wie die Baumrinde an ihrer Haut feucht wurde. Das fühlte sich sogar noch unangenehmer an, als die rauen Furchen es ohnehin schon taten. Die letzten Tropfen vergoss der Hirsch über Lailas Füßen, bevor er wieder ein paar Schritte zurücktrat. Seine dunklen Augen ruhten auf ihr, beobachteten, was passierte.

Zunächst geschah nichts. Aber dann hörte Laila ein Ächzen und Knarzen. Die Rinde in ihrem Rücken begann sich zu bewegen. Ein Schauer kroch ihren Körper hinunter bis in die Füße. Nach und nach platzte die Rinde entlang ihrer Wirbelsäule auf. Dann bog sie sich auseinander, so weit, dass Laila in die Öffnung hineinsank. Innen fühlte sich der Baum weicher und wärmer an, gar nicht, wie man es von einem Holzstamm erwarten würde. Doch bevor Laila sich darüber wundern konnte, sprossen Ranken aus der Öffnung. Sie umschlangen ihren Körper und zogen sie fester an den Baum heran. Einige wickelten sich um ihren Kopf, fixierten ihn mit einem Ruck. Laila spürte, wie sich ihre Haut mit den Fasern des Baumes verklebte, als hätte der Hirsch kein Wasser, sondern Leim dazwischenlaufen lassen. Das wurde ihr unheimlich. Sie wand sich und stemmte sich gegen ihre Fesseln, versuchte sich loszureißen, aber es war aussichtslos. Sie konnte sich nicht mehr rühren. Sollte sie etwa für immer an diesen Baum gefesselt bleiben? In diesem Moment war sie sich gar nicht mehr sicher, dass sie wirklich eine Pflanze werden wollte.

„Fürchte dich nicht", sagte der Hirsch. „Der Baum will sich nur mit dir vereinen. Bald wirst du von deinem Leiden befreit sein. Dann wirst du nichts mehr wollen." Kaum, dass er diese Worte gesprochen hatte, drückten die Ranken ihre Spitzen in Lailas Kopfhaut. Sie durchdrangen das Gewebe und bohrten sich immer tiefer in ihren Schädel bis in ihr Gehirn. Die Welt um sie herum verschwamm. Das Letzte was sie sah, war der süffisante Blick des Hirschs. Dann wurde ihr mit einem

Mal schwarz vor Augen...

Erschrocken fuhr Laila auf, wobei sie heftig Luft einsog. Immer, wenn sie so aus dem Schlaf schreckte, fragte sie sich, ob sie die Luft die letzten Minuten vielleicht angehalten hatte. Ihr Vater litt an Schlafapnoe. Warum sollte sie das nicht auch haben? Aber darüber konnte sie sich in diesem Augenblick keine Gedanken machen. Wichtiger war es, wieder in den Schlaf zu finden. Selten genug war er schließlich.

Weswegen war sie überhaupt aus dem Schlaf gerissen worden? Was hatte sie gerade erlebt? Richtig, der Baum, dessen Ranken in ihr Gehirn eindrangen. Offenbar war alles nur ein Traum gewesen. Laila versuchte, sich zu beruhigen. Wenn sie durchatmete und an etwas Schönes dachte, würde sie vielleicht wieder einschlafen können, bevor die dunklen Gedanken sie wieder einnehmen konnten. Sie versuchte, sich zu entspannen, in die Matratze einsinken zu lassen. Aber was waren das für seltsame Geräusche? Die Luft war von einem leisen Summen erfüllt, welches in regelmäßigen Abständen von einem dumpfen Zischen durchschnitten wurde, gefolgt von einem Klacken. Gelegentlich ertönte auch ein feines Piepen. Diese Geräuschkulisse war ihr fremd. Wo war sie nur?

Laila öffnete die Augen. Um sie herum war es dunkel. Lediglich fahles Mondlicht zeichnete ein verzerrtes Bild des Fensters an die Decke. Aber es sah ganz anders aus als bei ihr im Zimmer. Es kam irgendwie von rechts und links vom Bett war auch keine Dachschräge wie Zuhause. Wo war sie? Laila drehte den Kopf zur Seite. Dort erblickte sie einige seltsame Geräte. Von einem führte ein durchsichtiger Schlauch weg, im dem eine klare Flüssigkeit stand. Sie verfolgte den Schlauch mit den Augen weiter. Er endete in einer Kanüle, die in ihrem Unterarm steckte. Erschrocken versuchte sie, sich aufzurichten, um sich den Fremdkörper in ihrer Haut genauer anzusehen, wurde jedoch mitten in der Bewegung aufgehalten. Etwas zog an ihrem Kopf. Sie tastete mit der rechten Hand danach und stellte fest, dass lauter Drähte aus ihrem Kopf ragten. Was zur Hölle war hier los?

Plötzlich schossen Bilder durch ihren Kopf. Sie erinnerte sich, wie die Höhlenforscher sie aus ihrem Versteck gerissen und mit ihren grellen Lampen angeleuchtet hatten. Wie sie sie in eine Röhre gesteckt hatten, die sich mit lautem Getöse um sie herum bewegte. Was haben die mit ihr gemacht? War noch alles an ihr dran? Schnell tastete sie ihren Körper ab. Es schien aber alles da zu sein. Hatten sie ihr womöglich etwas eingepflanzt? Entsetzt schaute sie sich um. In dem Raum stand noch ein weiteres Bett, in dem ebenfalls eine Person lag. Es schien ein älterer Mann zu sein, aber genau vermochte Laila es nicht zu sagen. Auch aus seinem Kopf ragten lauter Drähte und Schläuche steckten in seiner Nase. Aus seinem Brustkorb rann Blut in einen Behälter. Um sein Bett herum standen ganze Batterien von Geräten. Es blinkte und surrte. Blasebälge hoben und senkten sich.

Laila entfuhr ein Schrei. Offenbar führten die Forscher perfide Experimente an Menschen durch, pflanzten ihnen womöglich Sonden ins Gehirn. Entsetzt schlug sie die Hand vor den Mund. Durch ihr Schreien hatte sie bestimmt auf sich aufmerksam gemacht. Schlimmer Fehler. Sie musste weg, sofort! Also kniff sie die Augen zu und zog den Schlauch aus der Kanüle. Die klare Flüssigkeit rann ihr über den Arm. Ohne darauf zu achten riss sie sich die Drähte vom Kopf und die Kappe, an der sie befestigt waren. Dann schlug sie die Decke beiseite. Mit einem Satz war sie aus dem Bett, hastete zum Fenster. Sofort erkannte sie, dass dort kein Entkommen war. Sie befand sich mindestens sieben Stockwerke hoch. Unten erstreckte sich ein asphaltierter Parkplatz, auf dem sich hier und da große Pfützen gesammelt hatten. Es regnete. Panisch schaute Laila sich um. Es gab nur eine Tür nach draußen und durch die konnten jederzeit die Forscher kommen, um sie zum Schweigen zu bringen.

Ich hatte das nicht mehr aus. Jeden Tag muss ich aufs Neue mein Leben bewältigen. Muss mich zur Schule quälen, um Scheiße zu fressen, bis sie mir zum Hals raushängt und ich sie jederzeit wieder hochwürgen kann. Nur damit ich mich später jeden Tag zur Arbeit quälen kann, um dort den ganzen Scheiß wieder auszukotzen. Aber wozu? Wozu das alles? Warum sollte ich das so viele Jahre ertragen müssen?

Weil meine Eltern mich ungefragt in eine Welt gesetzt haben, die von mir erwartet, am Leben zu bleiben, ich dafür aber die beschissenen Regeln dieser Welt beachten muss, muss ich morgen wieder sieben Schulstunden lang Langeweile über mich ergehen lassen, die mir als „lebenswichtig" aufgenötigt wird. Nach zehn Jahren ist das Maß mehr als voll. Ich kann nicht mehr! Aber das interessiert nicht.

Ben

Es war bereits Nacht geworden. Um Ben herum wuchsen Häufchen von zerrissenen Seiten heran. Er sortierte die Fetzen grob thematisch. Entgegen seiner Erwartung hatte er bislang aber noch keinen Stapel mit Informationen beginnen können, die ihm irgendwie weiterhelfen. Er wusste bereits, dass seine Stiefschwester depressiv geworden war und es hatte ihn auch nicht überrascht, als seine Mutter ihm dies am Telefon mitgeteilt hatte. Schließlich war Laila immer schon recht labil gewesen. Die Textstücke ihres Klagebuchs, welche er bisher durchgegangen war, buchstabierten die Dimensionen ihres Leidens lediglich in ganzer Breite aus, halfen ihm aber kaum weiter. Besonders viel Raum nahm die Schule mitsamt ihren Insassen in Lailas Klagen ein. Aber auch das konnte kaum verwundern, schließlich verbrachte sie dort täglich viele Stunden ihres Lebens. Mittlerweile überflog Ben die Zettel meist nur noch und legte sie dann ohne Weiteres auf den passenden Haufen. Bis er schließlich auf einem Textstück seinen eigenen Namen fand.

Wenn man verdrängt und nicht vergisst, dann holt einen die Vergangenheit irgendwann wieder ein.

Warum ersticke ich fast an dem Herzrasen vor einem Anruf bei Ben, obwohl das, was ich als Liebe kennengelernt habe, längst gestorben ist?

Herzrasen vor einem Anruf bei ihm? Wieso das? Sie konnte ihn doch jeder Zeit anrufen. Wo lag das Problem? Vor allem aber irritierte ihn das Wort *Liebe*. So aus dem Kontext gerissen konnte es vieles bedeuten. Um wessen Liebe ging es hier? Um ihre, um seine oder um Liebe in Lailas Leben ganz generell? Ben fuhr sich mit der Hand über den Nacken. Was auch immer die Antworten waren, dieses Stück Papier begründete ohne Zweifel einen weiteren Stapel. Und etwas sagte ihm, es würde der *Ben*-Stapel werden.

Laila

Laila streckte den Kopf zur Tür hinaus. Auch auf dem Gang war es finster. In einiger Entfernung war theatralische Musik zuhören. Irgendwo lief wohl ein Fernsehfilm. Aber da war noch etwas, ein schlurfendes Geräusch: Schritte hallten in dem Gang und sie klangen gefährlich nah! Laila musste sofort handeln. Zu ihrer Linken gab es einen kleinen vorgelagerten Raum. *WC* stand auf dem Schild. Schnell schlüpfte sie hinein und lehnte die Tür wieder an. Angespannt lauschte sie in die

Dunkelheit. In ihren Ohren pfiff ein schriller Ton. Hatte der Forscher etwas bemerkt? Nein, die Schritte schlurften weiter vor sich hin, ohne sich zu beschleunigen. Kurz darauf waren sie herangekommen. Durch den Türspalt sah Laila einen jungen Mann, der blaue Krankenhauskleidung trug, nur ein Assistent also. Leise öffnete er die Tür zu dem Zimmer aus dem sie gerade gekommen war.

„Na, ist hier etwa jemand aufgewacht?", fragte der Mann mit sanfter Stimme in den Raum hinein. Lailas Herz hämmerte in ihrem Brustkorb. Gleich musste sein Blick auf ihr leeres Bett fallen und dann würde er sich nach ihr umsehen. Also schoss sie aus ihrem Versteck und rannte davon. „Was zum...?", hörte sie den Mann hinter sich sagen, der erst einmal begreifen musste, was vor sich ging. Dann rief er hinter ihr her:

„He, warte mal. Wo willst du denn hin? Bleib stehen!" Aber Laila dachte gar nicht daran, stehen zu bleiben. So schnell sie konnte rannte sie den Gang hinunter, sodass ihr Krankenhaushemd flatterte.

„Bitte, lauf doch nicht weg, es ist alles in Ordnung! Du musst doch keine Angst haben!" Der Mann nahm die Verfolgung auf. In einiger Entfernung gab es ein Glaskabuff, in dem das bläuliche Licht von Bildschirmen flackerte. Dort hatte ihr Verfolger wohl gesessen, als er sie schreien hörte. Waren dort vielleicht noch mehr Forscher? Besser war es jedenfalls, nicht daran vorbeizulaufen. Laila drehte sich um. Der Mann war gerade dabei, seine Schlappen abzustreifen, um schneller laufen zu können. Sie musste sich schnell entscheiden, wohin sie sich wenden sollte. Aus dem Kabuff waren Schüsse zu hören. Es lief offenbar ein Westernfilm im Fernsehen.

Lailas Blick fiel auf das leuchtende EXIT-Zeichen an der Decke, welches andeutete, dass man im Notfall dort die Treppe nehmen solle. Es wies auf eine Glastür auf der gegenüberliegenden Seite des Glaskabuffs. Sie hielt darauf zu. Dies war eindeutig ein Notfall. Der Mann kam nun auf Socken hinter ihr hergerannt und war so deutlich schneller als sie, kam auf dem Linoleumboden aber immer wieder ins Rutschen.

„So warte doch, lass mich doch nur mal kurz mit dir reden!" Laila prallte gegen die Glastür. Der Mann hatte sie schon so gut wie eingeholt. Sie drückte den Balken hinunter, der zugleich Griff und Riegel war, und stieß die Tür auf.

„Nein, bitte, bleib hier. Es ist doch alles gut!" Der Mann streckte sie Hand nach ihrer Schulter aus, bekam etwas

Stoff zu fassen und zog sie zurück. Im Hintergrund waren wieder Schüsse zu hören. Der Mann konnte auf seinen Socken jedoch nicht ordentlich bremsen, rutschte aus und fiel. Fast hätte er Laila mit umgerissen, aber sie konnte sich am Türgriff festhalten und losreißen. Sie lief hinaus in ein spärlich beleuchtetes Treppenhaus. Hinter ihr hörte sie den Mann aufschreien. Er war äußerst unsanft zu Boden gegangen. Begleitet von Trompeten, die auftrabend in den Flur hinaus schmetterten, rannte Laila die Treppe hinunter.

Fluchend rappelte sich der Pfleger auf. Mit schmerzverzerrtem Gesicht hielt er sich die Hüfte. Und wie zum Spott tönte es aus dem Fernseher im Glaskabuff:

„You never would have got me! Never! Never!"

Ben

Ben musste schmunzeln. Zwischen den Papierfetzen hatte sich ein Foto befunden. Es war ein Foto, welches Laila vor einigen Jahren auf einer Busfahrt von ihnen beiden gemacht hatte. Laila lag darauf an seine Schulter gelehnt und schnitt eine von ihren albernen Grimassen, die sie manchmal machte, wenn sie gut aufgelegt war. Auf der Rückseite des Bildes stand etwas geschrieben.

Manchmal, wenn ich nicht schlafen kann, stelle ich mir vor, ich würde wieder in Bens Armen liegen, wie damals. Dann fühle ich mich geborgen, kann alles andere vergessen. Natürlich bin ich mir bewusst, dass es nur eine Illusion ist. Deswegen ist es auch nicht dasselbe. Aber ich weiß noch genau, wie es sich in echt anfühlte.

Ben war diese Busfahrt ebenfalls in guter Erinnerung geblieben, allerdings gefiel ihm ein anderer Aspekt daran am besten. Es war auf der langen Heimreise von einem Strandurlaub gewesen. Sie hatten die ganze Zeit über viel herumgealbert und sich über alles und jeden lustig gemacht. Laila hatte ein einfaches Sommerkleid getragen, das ihr gerade so über die Hüften reichte. Als sie die Knie anzog und sich in den Sitz sinken ließ, um gemütlich ein Buch zu lesen, hatte Ben aus irgendeinem Grund den Blick nicht von ihren nackten Beinen wenden können. Ihre Haut war gleichmäßig braun gebrannt gewesen und hatte so unglaublich glatt ausgesehen. Etwas in ihm hatte danach gelechzt, sie zu berühren. Zunächst hatte er versucht, woanders hinzusehen und sich mit irgendwie abzulenken. Schließlich waren es die Beine seiner Stiefschwester und sexuelles Begehren wäre hier mehr als unangebracht gewesen. Aber Laila hatte nun einmal genau neben ihm gesessen, sodass er trotzdem immer wieder hinsehen musste.

Nach einer Weile hatte er es nicht mehr ausgehalten. Er hatte die Hand ausgestreckt und vorsichtig auf einen ihrer Schenkel gelegt, ganz sacht nur, bereit, sie sofort zurückzuziehen, falls Laila ungehalten reagiert hätte. Aber Laila hatte nicht einmal von ihrem Buch aufgesehen. Stattdessen hatte sie sich etwas zur Seite fallen lassen und den Kopf auf seine Schulter gelegt. So hatten sie eine Weile dagesessen, bis Ben etwas mutiger geworden war. Er hatte angefangen, ihr Bein sachte zu streicheln, ihre weiche Haut zu erfühlen. Es hatte sich tatsächlich unbeschreiblich schön angefühlt. Laila hatte ihn gewähren lassen, bis er seine Hand schließlich zwischen ihre geschlossenen Schenkel rutschen lies. Ruckartig hatte sie ihm den Kopf zugewendet und ihm einen Blick zugeworfen, den er nicht zu deuten gewusst hatte. Er hatte seine Hand sofort wieder zurückziehen wollen, aber Laila hatte ihre Schenkel zusammengepresst und ihn so zurückgehalten. Dann hatte sie einfach ihr Buch über ihre Beine gelegt und auf diese Weise verdeckt, dass ihr Stiefbruder ihr weiter zwischen die Schenkel fasste.

Ben lächelte abwesend. Ihm gefiel diese Erinnerung

sehr und er verweilte einen Moment darin, versuchte sich an das Gefühl von Lailas warmer Haut zu erinnern.

und übermorgen geht das Erbrechen über unnötiges Gepisse wieder los. Vorfreude ist die einzige Freude über nicht psychotische Fantasien. Die ständige Verarbeitung der Vergangenheit hängt mir zum Hals raus. Dennoch sie ist allgegenwärtig.

Auf den Spuren von Evolution und Emotionen, von Hirnchemie und dem Zugang zur Psychologie. Kann man lernen, seinen Geist völlig zu beherrschen, oder kann man nur glauben, dies zu tun?

Daneberg

Das Telefon klingelte. Zweimal. Dreimal. Dann griff Daneberg zum Hörer.

„Muss das jetzt sein?", stöhnte seine Frau.

„Liebling, du weißt, dass ich den Anruf entgegennehmen muss", antwortete Daneberg und nahm ab. „Ja?"

„Doktor Daneberg? Hier spricht Joey... von der Nachtschicht", drang eine junge Männerstimme aus dem Hörer. „Es tut mir sehr leid, dass ich Sie stören muss."

„Das sollte es auch", murmelte Mrs. Daneberg und bekam dafür einen tadelnden Blick von ihrem Mann.

„Schon gut", sprach er ins Telefon. „Was gibt es denn?"

Joey:	„Es geht um die Kleine, die wir im Wachkoma, Trance oder was auch immer reinbekommen haben."
Daneberg:	„Laila Waters? Was ist mit ihr?"
Joey:	„Sie... sie ist wach, Sir."
Daneberg:	„Na, dann machen Sie ihr einen Tee und eine Stulle und sagen ihr, dass wir

morgen ihre Eltern kommen lassen und alles wieder gut wird. Wo liegt das Problem?"

Joey: „Nun ja, sie ist nicht mehr da."

Daneberg: „Was soll das heißen, *sie ist nicht mehr da*?"

Joey: „Sie ist uns davongelaufen. Hat wohl vor irgendetwas Angst bekommen. Jedenfalls wirkte sie ziemlich aufgeschreckt."

Daneberg: „Moment, Sie haben sie angetroffen und nicht aufgehalten? Warum haben Sie ihr die Lage nicht erklärt?"

Joey: „Das wollte ich ja, aber es ging alles so verflucht schnell. Sie hatte sich versteckt und noch ehe ich überhaupt wusste, was los war..."

Daneberg: „Ja, ja, schon gut. Wissen Sie, wo sie jetzt ist?"

Joey: „Nein, Sir, nicht genau. Sie ist mir über die Feuertreppe entwischt."

Daneberg: „Hat sie das Gebäude verlassen?"

Joey:	„Also... ich sitze hier gerade mit Rodriguez im Kontrollraum und den Aufzeichnungen der Überwachungskameras zufolge hat sie das Gelände nicht verlassen."
Daneberg:	*„Den Aufzeichnungen der Über-wachungskameras zufolge?* Das heißt also, sie könnte mittlerweile genauso gut völlig hysterisch durch das Stadtzentrum irren!"
Joey:	„Nein, Sir. Rodriguez ist sich ganz sicher, dass sie noch im Gebäude ist."
Daneberg:	„In Ordnung, wir müssen ohnehin sicher gehen. Informieren sie schon mal die übrigen Stationen. Ich bin auf dem Weg!"

Daneberg legte auf und fuhr sich durch das schüttere Haar.

„Scheiße."

Laila

Ein paar Stockwerke unter jenem, aus dem sie geflohen war, schlich Laila einen dunklen Gang entlang. Von ihren Verfolgern war nichts zu hören oder zu sehen. Sie hoffte, dass es daran lag, dass diese annahmen, sie hätte das Gebäude auf dem schnellsten Weg verlassen. Denn aus diesem Grund hatte sie genau das nicht getan. Aber wo sollte sie nun hin? Sie trug nichts außer einem luftigen Krankenhaushemd und ihrem Höschen, ihr war kalt und sie hatte Angst.

Mit den Händen unter die Achseln gepresst ließ sie sich an der Wand zu Boden sinken. Dabei drückte sie versehentlich gegen die Kanüle, die noch immer in ihrem Arm steckte, was ziemlich unangenehm war. Aber schlimmer waren die Bilder von den verstümmelten Menschen in dem Raum, die ihr nun wieder vor Augen traten. Sie schüttelte die Bilder ab und begann an den Heftpflastern zu pulen, mit denen die Kanüle an ihrem Unterarm fixiert war. Nach und nach lösten sie sich von ihrer Haut und gaben Sicht auf die Nadel frei, die tief in einer ihrer Venen steckte. Ganz langsam und zaghaft zog Laila die rot verschmierte Nadel heraus. Dabei musste sie mehrmals wegsehen. Sie hatte schreckliche Angst vor Nadeln unter ihrer Haut. Als sie endlich draußen war, schleuderte Laila die Kanüle angewidert von sich. Blut drang aus der Einstichwunde heraus, aber sie presste schnell einen Zipfel des Krankenhaushemds darauf.

Und während sie so zusammengekauert da saß, kam ein vertrauter Gedanke wieder in ihren lockigen Kopf gekrochen. Ein Gedanke, den sie seit geraumer Zeit jeden Tag fast pausenlos mit sich führte. Mal als wärmenden Mantel in ihrer eisigen Gefühlswelt, dann als schwere Last auf einem ohnehin schon beschwerlichen Weg. *Ich wünschte Ben wäre bei mir.* Dieser Gedanke hatte sich so sehr in ihrem Bewusstsein festgesetzt, dass er sich als „Ach, Ben" schon in Kurzform zu einem unwillkürlichen Ausruf ihres Weltschmerzes entwickelt hatte.

In den vergangenen Monaten hatte sie oft daran gedacht, ihrem Leid ein radikales Ende zu setzen, indem sie sich das Leben nahm, sich einfach dem ganzen Scheiß zu entziehen und in die Leichtigkeit des Nichts einzutreten. Oft hatte sie über die Vorstellung in den Schlaf gefunden, sie würde kraft ihrer Gedanken die Blutzufuhr zum Gehirn abschneiden und am nächsten Morgen einfach nicht mehr aufwachen. Einmal hatte sie sogar schon auf einer Brücke gestanden. Aber jedes Mal, wenn sie aus der Erwägung, sich das Leben zu nehmen, hatte Ernst machen wollen, war er sofort wieder erschienen, dieser eine Gedanke. Denn, wenn sie starb, würde sie Ben niemals wiedersehen. Selbst dann, wenn der Druck auf ihrer Brust so schwer war, dass ihr

Verstand sagte, jemand, der nicht existierte, könne auch niemanden vermissen, setzte sich der Gedanke an Ben stets durch.

Wenn Ben nur bei ihr wäre und sie wieder in den Arm nähme, dann könnte sie die schlimmsten Qualen durchstehen, die das Leben für sie bereithielt. Dann wäre ihr alles andere völlig egal. Aber Ben würde nicht kommen, um sie in den Arm zu nehmen. Er ging nun aufs College, wo es vermutlich von hübschen Mädchen nur so wimmelte. Was sollte ihn da seine kaputte Stiefschwester kümmern? Es hatte doch alles überhaupt keinen Sinn. Am Ende würde sie ohnehin sterben. Wozu es groß hinauszögern? Am besten legte sie sich einfach hin und wartete, bis die Forscher sie fanden und sezierten. Dann wäre alles bald vorbei.

Moment, hinlegen und warten? Laila hob den Kopf. Genau das hatte sie doch getan! Sie war in die Sphäre eingetaucht und wollte so lange dort bleiben, bis Ben am übernächsten Tag kam und sie rettete oder sie einfach sterben würde. Sie erinnerte sich genau, sie hatte doch extra den Rollladen umprogrammiert, damit er nicht automatisch aufging. Aber wenn das stimmte, dann war all dies um sie herum nicht die Wirklichkeit. Dieses Krankenhaus mit den aufgeschnittenen

Menschen und die Forscher, all das war nicht real. Nun erinnerte sie sich auch wieder, wie das Wasser plötzlich weggewesen war und sie in einer dunklen Höhle gelegen hatte. Und dieser kalte Fußboden? Fühlte er sich nicht irgendwie feucht an, so als hätte vor kurzem jemand durchgewischt? Aber natürlich! Bis vor kurzem war das Wasser noch hier gewesen. Alles, was sie tun musste, um dieser Hölle zu entkommen, war, das Wasser wiederzufinden und darin zu warten, bis in ihrem Zimmer jemand den Rollladen öffnete.

Ich will die Tabletten nicht mehr nehmen. Es fühlt sich jetzt alles so künstlich an, so, als wäre ich nicht mehr ich selbst oder als ob ich die Gefühle von jemand anderem hätte. Das ist ekelhaft.

Mein Therapeut sagt, ich könne sie absetzen, wenn ich das wolle. Meine Probleme lösen könnten sie ohnehin nicht. Sie sollten mir lediglich helfen, im Alltag zurechtzukommen. Aber ich kann Papa und Carol nichts davon sagen. Sie hätten sicher kein Verständnis dafür und würden alles daran setzen, dass ich diese verdammten Dinger weiter schlucke.

Daneberg

Auf dem Weg ins Krankenhaus hatte Daneberg halb damit gerechnet, irgendwo ein durchnässtes Mädchen in einem Krankenhaushemd und mit einer angehenden Lungenentzündung umhergeistern zu sehen. Fast wünschte er, es wäre wirklich so gekommen, denn dann hätte er sie wenigstens schon gefunden. Aber es war nicht geschehen. Stattdessen blickte er in zwei hilflose Gesichter im Kontrollraum, die ihn erwartungsvoll anschauten. Vermutlich waren sie einfach nur froh, die Verantwortung aus den Händen geben zu können. Denn was konnte er schon anderes tun, das sie nicht auch hätten tun können?

„Also gut", sagte er. „Haben Sie schon alle Stationen erreicht?" Joey nickte.

„Die Nachtpfleger warten auf Ihre Anweisung. Doktor Lee und Doktor Mitchell stehen uns ebenfalls zur Verfügung." Daneberg nickte zuversichtlich.

„Gut, dann sind wir ja auf jedem Stockwerk aufgestellt. Wenn wir überall zugleich suchen, sollten wir sie eigentlich finden können, ohne dass sie immer genau da ist, wo wir nicht sind – sofern sie überhaupt noch da ist, natürlich.

Joey, sagen Sie allen, dass, wenn Sie Laila finden, Sie auf jeden Fall ruhig bleiben sollen. Irgendetwas scheint ihr Angst gemacht zu haben, als sie aufgewacht ist. Irgendetwas, vor dem sie jetzt auf der Flucht ist. Versuchen Sie ihr gegenüber also nicht den Eindruck zu erwecken, eine Bedrohung zu sein. Über Funk bleiben wir in Verbindung.

Rodriguez, Sie bleiben hier und überwachen die Monitore. Falls Sie irgendetwas sehen, verständigen Sie uns unverzüglich. "

„Natürlich."

„Ach und, Joey, sagen Sie den Leuten, sie sollen, sofern noch nicht geschehen, überall auf den Gängen das Licht einschalten. Bei diesen Lichtverhältnissen verjage ja selbst ich mich an jeder Ecke!"

„Alles klar."

Nachdem die Suchaktion in Gang gebracht war, zwang sich Daneberg, eine Entscheidung in einer Frage zu treffen, die ihm die ganze Zeit über herumgetrieben hatte. Wann sollte er die Waters darüber informieren, dass ihre Tochter aufgewacht war? Diese Entscheidung war nicht so leicht, wie es auf den ersten Blick scheinen mochte. Wenn er es umgehend tat, würde er nicht verschweigen dürfen, dass sie gerade nicht wussten, wo Laila war. Da sie eine gute Chance hatten, sie zu finden, erschiene es auch unnötig, die Waters voreilig zu beunruhigen. Sollten sie Laila jedoch nicht finden, wäre er später in Erklärungsnot, warum er die Familie nicht früher informiert hatte.

Andererseits würden die Waters es sich nicht nehmen lassen herzukommen, wenn sie erfuhren, dass ihre Tochter wach, aber verschwunden war. Und ihre Anwesenheit – insbesondere die Ben Waters', der an diesem Abend angereist sein sollte – konnte eine wichtige Rolle im Umgang mit Laila spielen, dessen war er sich sicher. Was Daneberg in diesem Zusammenhang besonders beunruhigte, war der Grund, warum Laila weggelaufen war. Er hatte eine Vermutung und wenn diese zutraf, dann wäre es geradezu fatal, eine falsche Entscheidung zu treffen. Was, wenn Laila schlicht Realitätsflucht begangen hatte? Was, wenn sie nun, da man sie unfreiwillig wieder aufgeweckt hatte, glaubte, es gäbe nur noch den einen Weg dem Leid, das sie dieser Welt anlastete, zu entrinnen? Kein Zweifel, in diesem Fall könnte Ben Waters Anwesenheit von großer Bedeutung sein. Also zückte Daneberg sein Mobiltelefon.

Laila

Ängstlich tapste Laila durch die Dunkelheit. Ihre Füße waren so kalt, dass es schmerzte. Waren das nicht eindeutig nasse Flecken auf dem Boden? Vor noch nicht allzu langer Zeit musste dort alles unter Wasser gestanden haben. Nur wohin war es verschwunden? Würde es mit der Flut vielleicht wiederkommen? In der Mitte des finsteren Ganges öffnete sich zur einen Seite ein großer Bereich mit niedrigen Tischen und Stühlen wie in der Mensa einer Grundschule. Ein Bild huschte über ihr inneres Auge, wie sie als kleines Mädchen an einem solchen Tisch saß, umgeben von anderen Kindern und einer Krankenschwester. Es wurde gefrühstückt, aber Laila mochte nichts essen, weil ihr der Hals nach der Mandeloperation zu sehr weh tat. *Warum sitzt das Mädchen so da?* Hatte der Junge gegenüber gefragt und ahmte ihre Sitzhaltung nach, indem er den Kopf seitlich auf die Hand stützte. Was die Krankenschwester darauf gesagt hatte, wusste Laila schon nicht mehr. Was spielte das auch für eine Rolle?

Durch eine hohe Fensterfront fiel das fahle Licht der Nacht in den Essensbereich und erleuchtete eine Tür auf der gegenüberliegenden Seite. Die Tür war nur angelehnt. Ein leises Plätschern war zu vernehmen. Dort war Wasser! Laila schlich darauf zu. Vorsichtig drückte sie den Türspalt ein wenig weiter auf. Dahinter sah sie Wandfliesen wie in einem Badezimmer. Der Raum war mit kaltem Mondlicht erfüllt, welches grell von den Fliesen widerschien. Als ihre Augen den Schreck vor dem Licht überwunden hatten, konnte Laila durch den Spalt eine Badewanne sehen. Sie war gefüllt und jemand badete darin. Sie schaute genauer hin und erkannte umhüllt von Unmengen Schaum sich selbst! Überhaupt sah alles, was sie sehen konnte, ganz wie das alte Badezimmer zuhause aus. Neugierig musterte Laila ihr früheres Selbst. Sie hatte nicht bemerkt, dass sie beobachtet wurde, denn Sie hatte Kopfhörer auf den Ohren und war ganz in sich vertieft. Damals waren ihre Gedanken noch nicht so düster gewesen, wie sie es aktuell meist waren. Und das sah man ihr auch an. Laila gefiel ihr vergnügtes Selbst. Fasziniert starrte sie durch den Türspalt und sah sich selbst beim Baden zu.

Dann wurde ihr mit einem Mal gewahr, dass sie nicht allein war. Neben ihr stand noch jemand und schaute wie gebannt durch den Türspalt. Es war Ben! Auch er schien sie im Dunkeln gar nicht zu bemerken, sondern hatte ausschließlich Augen für das Schauspiel im Badezimmer, welches er dicht an den Türspalt gebeugt verfolgte. Hatte er die ganze Zeit schon dort gestanden oder war er gerade erst angekommen? Auf jeden Fall trug er noch seine Straßenkleidung. Nicht einmal seine Umhängetasche hatte er abgelegt. Er war wohl gerade erst nach Hause gekommen. Sichtlich unentschlossen fuhr er sich mit der Hand über den Mund und knetete seine Unterlippe zwischen Daumen und Zeigefinger, bis er sich schließlich einen Ruck gab. Rasch legte Ben seine Umhängetasche ab, dann klopfte er vorsichtig an die Tür.

Als Laila nicht reagierte, weil sie das Klopfen nicht gehört hatte, stieß Ben die Tür zum Badezimmer einfach auf und trat hinein. Erschrocken fuhr das Mädchen in der Wanne zusammen. So gut es ging bedeckte sie ihre Blöße mit Armen und Händen, während sie ihren Stiefbruder verängstigt ansah.

„Oh, Verzeihung, ich wusste nicht...", versuchte Ben sie zu beschwichtigen. Es klang so ehrlich, wie Laila es in Erinnerung hatte. „Ist es in Ordnung, wenn ich mir nur schnell die Hände wasche?", fragte er. Laila nickte, ohne sich aus ihrer verkrampften Haltung zu lösen. Also trat Ben ans Waschbecken und wusch sich die Hände. Er tat es mit übertriebener Gründlichkeit, wobei sein Blick immer wieder zum Spiegel huschte, in welchem er seine Stiefschwester sehen konnte.

„Klingt übrigens schön, wenn du singst. Das kannst du gern öfter machen, auch wenn du nicht in der Wanne bist", sagte Ben. Die früher Laila schaute verlegen in den Schaum vor ihrer Brust. Sie sang nie vor Publikum und würde jetzt gewiss nicht damit anfangen, wo sie nackt in der Badewanne lag.

„Weißt du, Schwesterchen", fuhr Ben fort, während er sich die Hände abtrocknete. „Ich finde, wir brauchen uns voreinander nicht zu verstecken. Wir sind doch jetzt eine Familie", fuhr er mit einem verschmitzten Lächeln fort. Aber die Laila der Vergangenheit zierte sich und das obwohl oder gerade weil sie sich bereits in ihn verschossen hatte. Dabei hatte sie wirklich alle Trümpfe in der Hand gehabt. Mittlerweile wusste Laila, dass Ben einen Fetisch für Mädchen mit Kopfhörern hatte. Doch damals hatte sie es nichtgewusst. Schon machte Ben Anstalten, sich sogleich wieder zurückzuziehen. *Bleib, bitte, bleib*, flehte Laila vor der Tür, denn ihr jüngeres Ich blieb stumm. *So bleib doch!* Wenn sie doch damals bloß mehr Mut gehabt und sich Ben gezeigt hätte. Vielleicht wäre dann alles ganz anders gekommen.

„Natürlich müssen wir uns erst aneinander gewöhnen. Ich lasse dich wieder allein", lenkte Ben unversehens ein und ging zur Tür.

„Nein, nein, nein, nein, geht nicht! Bleib bei mir!" Verzweifelt stellte sich Laila in die Tür und versuchte ihren Stiefbruder mit Gewalt zurückzuhalten. Doch Ben ging einfach durch sie hindurch, ohne auch nur Notiz von ihr zu nehmen. Sie fuhr herum, wollte ihn zurückholen. Aber Ben war spurlos verschwunden. Hinter ihr lag nichts als der verlassene Essenssaal mit den kleinen Stühlen. Mit feuchten Augen starrte Laila in die Leere. Die Szene war vorüber. „Geh nicht...", schniefte sie.

Ihr jüngeres Ich war noch nicht bereit gewesen, aber *sie* war es. Sie war im Stande, Ben das zu geben, was er sich erhofft hatte. Sie würde ihn überzeugen können zu bleiben. Vielleicht ließ sich die Szene noch einmal abspielen. Vielleicht konnte sie sogar die Rolle ihres früheren Ichs übernehmen. Schluchzend stürzte Laila in den Raum hinein und stieß dabei unsanft gegen etwas Sperriges, das sich als ein Essenswagen entpuppte. Plastikgeschirr klapperte und Besteck fiel durcheinander. Verwundert sah sich Laila in dem Raum um. Die Wanne war verschwunden, als hätte sie sich samt der beiden Badenden in Luft aufgelöst. Stattdessen war dort eine Küchenzeile mit Spülbecken und Schränken aus Edelstahl. Der Wasserhahn tropfte plätschernd eine flache Wasserlache. Anscheinend lief der Ausguss nur schlecht ab. Laila fühlte sich unendlich allein, nun da Ben wieder fort war. Wenngleich sie dieses Gefühl nur allzu gut kannte. Es war ihr so vertraut wie kein anderes. Nichtsdestotrotz legte es sich jedes Mal aufs Neue schmerzend auf ihre Brust.

Der einzige Weg, Ben wiederzusehen, war zurückzukehren in die Außenwelt. Und dazu musste sie zurück ins Wasser. Wem machte sie etwas vor? In der Klinik würde sie sicher kein Gewässer finden. Sie trat ans Fenster. Draußen goss es mittlerweile in Strömen. Die Straße hatte sich dank überforderter Abflüsse in einen reißenden Bach verwandelt. Mit einem Schlauchboot wäre man dort sicherlich besser bedient gewesen als mit einem PKW. Das Wasser kam wirklich zurück und sie musste nach draußen!

Ben

Seufzend fuhr sich Ben durchs Haar. Allmählich war es kaum mehr zu bestreiten, dass Laila in ihm längst nicht mehr nur einen Stiefbruder sah. Je häufiger sie darüber schrieb, wie sehr sie ihn brauchte und vermisste und dass er die Lösung all ihrer Probleme sei, desto unwohler fühlte er sich dabei, Ziel ihrer Wunschträume zu sein. Er konnte sie unmöglich erfüllen. Schließlich waren sie beide praktisch Geschwister. Nicht nur deswegen stach jede weitere Notiz zu diesem Thema tief. Ben fragte sich, ob es seine Schuld war, dass Laila so fühlte. War er ihr zu nahe gekommen? Hatte er falsche Signale gesendet, weil er sich bemüht hatte, sich so zu verhalten, als seien sie tatsächlich verwandt? Er wusste es nicht und in diesem Augenblick war es müßig, sich darüber den Kopf zu zerbrechen. Schon bald erwischte sich Ben dabei, wie er Zettel, die seinen Namen enthielten, nahezu ungelesen dem *Ben*-Stapel zuwies. Es führte gerade zu nichts, sich in Lailas Wahn zu vertiefen. Was er brauchte waren Hinweise zu Lailas Trance-Phasen. Missmutig ließ er den Blick über das verbliebene Zettelgewirr schweifen, in der Hoffnung dass ihm irgendein Stichwort ins Auge springen würde. Er wusste selbst nicht genau, was das sein könnte, bis es plötzlich auftauchte: *reale Welt*! Es erschien nur dann sinnvoll zu betonen, dass von der realen Welt die Rede war, wenn man sie von einer irrealen Welt abgrenzen wollte – einer Traumwelt beispielsweise. Ben hob den Papierfetzen auf und las:

Immer, wenn Licht ins Zimmer fällt, tritt die Außenwelt wieder hervor. Dann ist es, als würde ich auftauchen, in die reale Welt zurückgesogen werden. Wenn es hell ist, kann ich die Illusion einfach nicht mehr aufrechterhalten.

„Immer, wenn Licht ins Zimmer fällt...“ Ben hatte das Gefühl, ein wichtiges Puzzle-Teil in der Hand zu halten. Er wusste es nur noch nicht einzuordnen. Wieso trat die Außenwelt hervor, wenn es hell war? Und hinter was trat sie hervor? Nachdenklich kaute Ben auf seiner Unterlippe herum.

Es klopfte an die Tür und Carol schaute herein.

„Schatz, willst du nicht langsam Schluss machen? Es ist schon spät und du bist sicher müde nach der langen Reise.“

„Ich muss das hier noch zu Ende durchgehen, das lässt mir sonst keine Ruhe“, antwortete Ben ohne aufzusehen.

„Aber du kannst doch auch morgen früh weitermachen, die Zettel laufen dir doch nicht weg.“

„Nein, Mama, ich bin da gerade an etwas dran.“ Carol sah ihren Sohn einen Moment an. Wie er so in den Häufchen und Stapeln der Fetzen von Lailas Tagebuch saß, hatte schon etwas Rührendes an sich. Es freute sie, wie sehr er sich um seine Stiefschwester sorgte.

„Na gut“, sagte sie. „Bernard und ich gehen jetzt jedenfalls ins Bett. Ich habe ihn endlich überzeugen können, dass er sich etwas Ruhe gönnen sollte.

Außerdem kann er genauso gut schlafend auf einen Anruf aus dem Krankenhaus warten, nicht wahr?" Ben nickte abwesend.

„Mhm, sicher. Aber, Mom, bevor du gehst: Wie genau sieht das aus, wenn Laila sich in Trance befindet? Wenn sie von sich aus hier auf dem Boden liegt, meine ich."

„Naja, sie liegt halt nackt auf dem Teppich, ungefähr dort, wo du jetzt sitzt, in *Embryonalstellung*, wie Doktor Daneberg es nennt", antwortete sie.

„Mit dem Gesicht zum Fenster?", fragte Ben. Carol nickte.

„Und hat sie dabei irgendetwas vor sich aufgebaut, irgendeinen Gegenstand oder so?", wollte Ben weiter wissen. Carol hob die Augenbrauen und wollte schon den Kopf schütteln, erinnerte sich dann aber an das Mini-Aquarium, welches sie an jenem Morgen auf dem Boden gefunden hatte.

„Ja, jetzt, wo du es sagst. Sie hatte dieses Ei mit den Shrimps dort vor sich stehen." Sie deutete ins Regal. Ben folgte ihrem Fingerzeig.

„Die Garnelen...", murmelte er gedankenversunken.

„Okay, ich geh dann mal schlafen. Gute Nacht", sagte Carol. „Achso, ja, du solltest dir die Zeitschaltuhr des

Rollladens einmal ansehen. Der fährt in den letzten Tagen morgens nicht auf."

„Klar, mach ich. Danke, Mom, und gute Nacht!" Ben erhob sich, um das Glasei zu holen. Was hatten die Garnelen mit Lailas Trance zu tun? Eine Weile saß er einfach nur da und schaute den winzigen Tierchen dabei zu, wie sie seelenruhig umhertrieben und sich unentwegt unsichtbare Nahrungspartikel in den Rachen schoben. Es war durchaus beruhigend, geradezu ermüdend, ihnen zuzusehen, denn die Tiere taten im Grunde – *gar nichts*, dachte Ben, *die Garnelen tun gar nichts*! Hastig stellte er das Ei beiseite und wühlte in den Papierhäufchen herum. Irgendwo musste dieser Zettel doch sein. Da, da stand es:

Wenn man so eine Wolke ist, hat man vermutlich einen ganz ähnlichen Geisteszustand, wie wenn man tot ist.

Ben nahm den Bleistift zur Hand, strich das Wort „Wolke" durch und ersetzte es durch das Wort „Garnele".

Garnele

Wenn man so eine ~~Wolke~~ ist, hat man vermutlich einen ganz ähnlichen Geisteszustand, wie wenn man tot ist,

stand nun dort. *Laila stellt sich vor, sie sei eine Garnele*, vermutete Ben. *Und im Dunkeln verschmilzt das innere des Eis mit der Außenwelt, aber im Licht sind die beiden Welten wieder klar voneinander getrennt. Nur – wieso ist Laila an jenem Morgen dann nicht wieder aufgewacht?* Dann fiel ihm ein, was seine Mutter ihm gerade gesagt hatte: Der Rollladen geht morgens nicht mehr auf.

„Das ist es!", rief Ben laut aus. Laila war noch immer in ihrer Traumwelt gefangen, weil die Abgrenzung zur Außenwelt nicht stattgefunden hatte! Alles, was sie tun mussten, war, sie wieder aufzuwecken und ihr das Glasei wieder vorzuhalten, damit sie zurückkehren konnte. Gerade als Ben aufspringen wollte, um seinen Eltern des Rätsels Lösung zu präsentieren, klingelte im Erdgeschoss das Telefon.

Dann stellt die Lehrerin irgendeine blöde Frage über dieses Thema, das keinen interessiert, und wundert sich, dass sich niemand meldet. Dann gibt es zwei Möglichkeiten, warum sich Schüler melden könnten. Entweder haben sie zuhause gelernt – aber so viel Überwindung vermag natürlich niemand aufzubringen. Oder sie haben im Unterricht aufgepasst, was bei dieser gähnenden Langeweile aber geradezu ausgeschlossen ist. Selbst, wenn man versucht zuzuhören, entgleitet man schon nach kurzer Zeit in inneres Fluchen oder bestenfalls in Tagträume.

Da sich nun niemand meldet, wird die Frage wiederholt. 'Vielleicht wurde sie ja nicht richtig verstanden. Oder jemand, der zuvor nicht vorhatte sich zu beteiligen, hat nun plötzlich doch Lust, muss dafür die Frage aber noch einmal hören.'

Ein Lehrer sollte es mit der Zeit besser wissen. Natürlich meldet sich immer noch niemand. Ausgenommen die Streber, die sich prinzipiell immer melden, aber mittlerweile meist übergangen werden, weil die Klasse schließlich 30 Köpfe zählt und nicht drei.

'Womöglich war die Frage unverständlich formuliert.

Dann könnte es helfen, sie neu zu formulieren.'

Gedacht, getan. Fehlanzeige, falsch gedacht.
'Okay, irgendwie muss es ja weitergehen. Versuchen wir es mal mit einem Tipp, einem kleinen Hinweis, um die Schüler auf die richtige Spur zu bringen. So schwer kann es schließlich nicht sein.' Ist es auch nicht. Es ist nur zum Kotzen öde. Es folgt ein weiterer Hinweis, der genauso ins Leere läuft.

Und das ist meistens der Punkt, an dem ich mich schließlich melde. Denn meine Mitschüler sind wahre Masochisten und würden ohne mit der Wimper zu zucken in Kauf nehmen, dass das ganze Thema nun noch einmal von vorne aufgerollt würde, weil sie es vermeintlich nicht verstanden haben.

Sagt mal, merkt ihr noch was? Das kann doch niemals funktionieren! Am Ende fallen zwar die richtigen Antworten, aber die gehen zum einen Ohr rein und zum anderen wieder raus, weil sich niemand mit dem Scheiß befassen will.

Der ganze Unterricht ist eine Farce und ihr könnt mir nicht erzählen, dass mich das im Leben irgendwie weiterbringt!

Laila

Ein Surren durchlief den Gang wie ein Schauer. Überall blinkten die Neonröhren auf, erstarben wieder und sprangen schließlich an. Die Forscher kamen! Laila stockte der Atem. Ihr erster Impuls war es, die Tür zu schließen. Aber es gab aus der Küche nur diesen einen Ausweg. Sie saß in der Falle!

Ängstlich spähte sie durch den Türspalt. Eine junge Frau kam den Gang hinunter. Sie war in das gleiche Blau gekleidet, wie der Mann, dem sie zuvor entkommen war. An jeder Tür hielt sie an und schaute in den dahinterliegenden Raum. Offenbar durchsuchten die Forscher gerade das Gebäude nach ihr. Schon in wenigen Augenblicken würde die Frau an der Küche angelangt sein. Gerade schaute sie in einen Raum, der nur drei Türen entfernt war. Dabei verschwand sie fast gänzlich darin. Das brachte Laila auf eine Idee. Vielleicht gelang es ihr, immer dann, wenn die Frau in einen Raum sah, selbst einen Raum weiter zu schlüpfen. Auf diese Weise könnte sie Stück für Stück zurück zur Notfalltreppe gelangen.

Gespannt hielt Laila die Luft an, als die Frau an der nächsten Tür anlangte. Es waren nur noch zwei bis zur Küche. Sobald sie darin verschwand, musste Laila ihr

Versteck verlassen. Die Frau griff nach der Türklinke. *Noch nicht...* Sie drückte die Klinke hinunter. *Warte...* Drückte dagegen. *Jetzt!*

– Nein, halt, die Tür war verschlossen. Die Frau machte sich gar nicht die Mühe, sie aufzuschließen. Sofort schritt sie weiter zur nächsten Tür. Es lag nur noch eine Tür zwischen ihr und der Küche. *Bitte, lass die letzte Tür offen sein. Bitte, lass die letzte Tür offen sein.* Laila richtete Stoßgebete an das Universum, während sich die Frau der letzten Tür näherte. Lailas Atem ging heftig, als sie sich darauf vorbereitete jeden Augenblick in das nächste Zimmer zu huschen. Dies war ihre letzte Chance, ungesehen aus der Küche zu kommen. Die Frau drückte die Türklinke hinunter. Die Tür war zu.

Oh nein. Scheiße! Laila begann panisch zu winseln, als die Frau sich nun auf sie zubewegte. Unwillkürlich blitzten Bilder von Nadeln auf, die durch ihre Haut stießen. Und von Skalpellen, die ihr die Bauchdecke aufschlitzten. Überall war Blut. Männer mit Haarnetzen und Mundschutz blickten anteilnahmslos auf sie herab. Sie lachten über ihre makabren Witze, während sie in Lailas Schädel bohrten und ihr eine Sonde einsetzten. Auf keinen Fall wollte Laila dies über sich ergehen lassen. Verzweifelt sah sie sich in der Küche nach einem Versteck, einer Waffe oder irgendetwas um, das ihr weiterhelfen konnte.

In diesem Moment geschah etwas Seltsames, etwas, das Laila noch nie zuvor erlebt hatte. Die Zeit schien sich zu verlangsamen. Ihr war, als ob sich ein Schleier von ihr löste und ihr endlich klare Sicht gab. Jeder Sinneseindruck wurde glasklar von ihr aufgenommen und für sich betrachtet. Alles Unwesentliche trat in den Hintergrund. Alles Störende wurde nach und nach ausgeblendet. Zurück blieben nur die Dinge, die ihrer Verteidigung dienen könnten. Das waren am Ende ihr eigener Körper, die Tür, die Schritte der Frau auf dem Gang und ein langes Brotmesser, das sich auf dem Essenswagen direkt vor ihr befand.

Laila atmete tief durch. Dann hörte sie auch schon die Fingerspitzen der Frau an der Küchentür aufsetzen. Blitzschnell schnappte Laila sich das Messer. Sie wirbelte herum und riss dem Schwung ihrer Drehung das Messer in die Höhe. Die Klinge kam direkt am Hals der Frau zum Stehen, die soeben die Tür aufgestoßen hatte. Ein schriller Schrei jagte durch den Gang. Einen Moment war die Frau vor Schreck wie gelähmt, doch dann fand sie wieder zu sich.

„Hey, du musst Laila sein. Haben wird dich endlich

gefunden." Die Frau versuchte ein Lächeln, doch es erstarb sogleich unter Lailas finsterer Miene. „Ist alles in Ordnung? Fehlt dir etwas? Wir haben uns schon Sorgen gemacht." Laila antwortete nicht, sondern hielt der Frau das Messer noch dichter an die Kehle. „Ich... ich bin übrigens Schwester Amy. Ich mache zur Zeit die Nachtschicht auf dieser Station. Du musst keine Angst..."

„Die Schlüssel", unterbrach Laila sie.

„Schlüssel? Welche Schlüssel? Wozu brauchst..."

„Die Schlüssel", wiederholte Laila kalt und drückte Amy die spitzen Zähne des Brotmessers in die Haut.

„Okay, okay, hier hast du alle meine Schlüssel." Amy zog ein Bund mit drei Schlüsseln und einer Karte aus der Tasche. Flink grapschte Laila ihr das Bund aus der Hand. Anschließend trat sie einen Schritt zur Seite. Mit einem Nicken deutete sie der Krankenpflegerin, dass sie sich in den Raum hineinbewegen sollte. Amy gehorchte.

„Langsam", zischte Laila. Die beiden Frauen begannen, sich um einander zu drehen, bis sie die Plätze getauscht hatten. Keine Sekunde verringerte Laila dabei den Druck auf der Klinge. Die Frau sollte nicht auf dumme Gedanken kommen.

„Wofür ist welcher?", fragte Laila und hielt Amy das Schlüsselbund vors Gesicht.

„D... dieser", antwortete Amy und zeigte auf einen, „ist der Generalschlüssel für alle gängigen Türen. Und dies ist die Schlüsselkarte für die elektronischen Türen. Dieser ist mein Spintschlüssel und dieser..."

„Welcher passt für diese Tür?" Amy schaute sie mit geweiteten Augen an.

„Was hast du...", stammelte sie.

„Welcher Schlüssel passt für diese Tür?", unterbrach sie Laila barsch. Amy seufzte.

„Der Generalschlüssel." Noch während Amy diese Worte sprach, machte Laila einen Satz nach hinten. Im Sprung ließ sie das Messer fallen. Dann langte sie mit der freien Hand nach der Tür und knallte sie zu. Hektisch versuchte sie, den richtigen Schlüssel in das Schloss zu bekommen. Drinnen war Amy sofort hinter ihr her gestürzt. Sie riss an der Tür, aber Laila hielt mit aller Kraft dagegen. Warum bekam sie den Schlüssel nichts ins Schloss. Hatte Amy ihr den falschen genannt? Nein, er passte. Endlich glitt er in den Spalt und ließ sich herumdrehen. Die Krankenschwester war gefangen. Erleichtert atmete Laila auf.

„Laila, bitte, lass mich raus", schallte es dumpf durch die Tür. „Laila. Was soll denn das? Wir wollen dir doch nur helfen." Aber Laila hatte nicht vor, sich länger bequatschen zu lassen. Sie musste raus aus dem Gebäude, raus aus diesem Albtraum. Eilig lief sie den Gang hinunter. Sie war kaum ein paar Meter weit gekommen, als sich vor ihr eine Tür öffnete. Laila fuhr zusammen. Noch ein Forscher? Aber anstatt einer mannshohen Gestalt lugten auf halber Höhe zwei Köpfchen hervor. Es waren Kinder, ein kleiner Junge mit Brille und ein blondes Mädchen mit Sommersprossen.

„Wer hat denn da gerade so geschrien?", wollte das Mädchen wissen. Laila antwortete nicht. Fassungslos starrte sie die beiden an. Vergriffen sich die Forscher etwa auch an kleinen Kindern?

„Geht es dir nicht gut?", fragte der Junge. Eines seiner Augen war mit einem Verband abgeklebt. Laila wollte gar nicht wissen wieso und ihre Beine schon gar nicht. Sie setzten sich einfach in Bewegung. Zunächst ganz langsam nur, so dass Laila den Kindern zugewandt bleiben konnte. Sie wollte noch irgendetwas Entschuldigendes sagen, aber da ging hinter ihr eine weitere Tür auf. Heraus stakste ein Junge auf Krücken.

Seine Bewegungen hatten etwas Insektenhaftes.

„Was ist denn hier draußen für ein Lärm?", beklagte er sich. Als Laila sich zu dem Jungen umdrehte, fiel ihr auf, dass ihm ein Bein fehlte. Lediglich ein in blutige Verbände gewickelter Stumpf ragte unter seinem T-Shirt hervor. Fassunglos den Kopf schüttelnd wich Laila vor ihm zurück. Dabei wäre sie fast über ein kleines Mädchen mit Zöpfen gestürzt, das mitten auf dem Gang stand.

„Mein Hals tut so weh", jammerte es und schaute mit Hundeaugen zu Laila auf. Aber Laila schüttelte nur hilflos den Kopf. *Nein, Laila, es ist nur ein Traum. Es ist nur ein Traum.* Mehr und mehr Kinder schienen von ringsherum her aus den Zimmern zu strömen. Sie drängten auf Laila zu, umringten und betatschten sie. Da hielt sie es nicht mehr aus. Entsetzt drängte sich Laila aus der Kinderschar heraus und rannte so schnell sie konnte davon.

Daneberg

Als Familie Waters im Krankenhaus eintraf, empfing sie Doktor Daneberg persönlich. Er winkte sie heran, weil er gerade in ein Walkie-Talkie sprach.

Daneberg: „Okay, Sarah von oben und Kenneth

von unten. Versucht sie in die Zange zu nehmen. Und jemand sollte zur Kinderstation, um Amy zu befreien."

Kenneth: „Verstanden."

Sarah: „Ja, bin unterwegs."

Joey: „Ich kümmere mich um Amy."

Daneberg: „Sehr gut. Ich habe gerade die Waters hier. Wir kommen dann rauf."

Dann wandte er sich den Ankömmlingen zu:

„So, da sind Sie ja. Guten Abend. Folgen Sie mir bitte zum Fahrstuhl. Wir haben Laila bereits gefunden."

„Gefunden?!", fragte Carol. „Sie sagten, sie sei wach. Sie haben nichts davon gesagt, dass sie weg sei." Daneberg verzog das Gesicht.

„Ich wollte Sie nicht unnötig beunruhigen", sagte er.

„Geht es ihr denn gut?", fragte Bernard aufgeregt.

„Wie es aussieht schon. Genaueres können wir aber erst feststellen, wenn wir sie eingefangen haben, was sich leider als schwierig erweist. Aus irgendeinem Grund läuft sie vor uns davon. Ich hoffe jedoch, dass sie sich beruhigt, wenn sie ihre Familie sieht."

„Wie um alles in der Welt konnte sie Ihnen überhaupt verloren gehen?", donnerte Carol.

„Mrs. Waters, ich versichere Ihnen..." Doch weiter kam Daneberg nicht, weil erneut eine Meldung über das Funkgerät kam.

Rodriguez: „Rodriguez hier. An alle: Laila ist nun im Treppenhaus auf Höhe der Kinderstation. Ich glaube, sie ist auf dem Weg nach unten, aber ich konnte es nicht genau erkennen."

Kenneth: „Bestätigt, ich bin ihr auf der Treppe begegnet. Aber sie fegt jetzt nach oben, als wäre der Leibhaftige hinter ihr her!"

Ein paar Stockwerke höher hastete Kenneth die Treppe rauf. Weiter oben konnte er Lailas tapsende Sprünge hören. Sie schien mehrere Stufen auf einmal zu nehmen. Zwar tat er es ihr gleich, kam aber einfach nicht an sie heran. Und das, obwohl er durchaus ein sportlicher Kerl war. In Panik schien das zierliche Mädchen über sich hinauszuwachsen. Als sie sich auf der Treppe begegnet waren, war Kenneth zunächst überrascht stehen geblieben. Laila hingegen war sofort auf dem Absatz umgedreht und die Treppe wieder hinaufgerannt. Angst und Schrecken hatten ihr im Gesicht gestanden.

Offenbar rechnete sie bereits hinter jeder Ecke mit neuer Gefahr – oder das, was sie für Gefahr hielt.

Im Erdgeschoss betraten Daneberg und die Waters einen der großen Fahrstühle.

„Und jetzt?", fragte Carol, während sie sich mit verschränkten Armen an die Fahrstuhlwand lehnte.

„Jetzt warten wir auf die Nachricht, in welchem Stockwerk sie Laila festgesetzt haben, um dann dort hinaufzufahren", erklärte Daneberg.

„In welchem Stockwerk?", fasste Carol nach. „Ich dachte, Sie hätten Laila gleich?"

Laila:	„Ah! Nein!"
Sarah:	„Ich hab' sie! Sie ist mir direkt in die Arme gelaufen."
Laila:	„Loslassen!"
Daneberg:	„Sarah, wo sind Sie?"
Sarah:	„Hey, hey, pscht, ganz ruhig! Es wird alles gut."
Laila:	„Sie sollen mich loslassen!"
Sarah:	„Aber so beruhige dich doch."
Laila:	(brüllt)

Daneberg: „Sarah?“

Einen Moment lang blieb das Funkgerät stumm. Die Waters starrten Danebeg erwartungsvoll an. Dieser schluckte.

Sarah: Aua! Ah. Verdammt, sie ist mir wieder entwischt. Ah.

Daneberg schürzte die Lippen und sog geräuschvoll die Luft ein.

„War das gerade wirklich Lailas Stimme? Sie klang ja furchterregend“, bemerkte Bernard mit abwesender Miene.

„Ist es wirklich nötig, dass Sie Laila so hart angehen, Doktor?“, fragte Carol.

„Ich fürchte, ja. Laila hat vorhin eine unserer Pflegerinnen mit einem Messer bedroht und eingesperrt. Im Augenblick ist das Wichtigste, dass wir sie unter Kontrolle kriegen“, antwortete Daneberg. Carol verschlug es die Sprache. Dass Laila durchgeknallt war, dass hatte sie schon lange gewusst. Aber als gefährlich hatte sie ihre Stieftochter niemals wahrgenommen.

„Aber irgendwie ist sie auch ganz schön *badass*“, bemerkte Ben. Alle schauten ihn entgeistert an. „Was?“

~

„Ist alles okay?", fragte Kenneth. Er war kurz nach ihrem Zusammentreffen mit Laila bei Sarah eingetroffen, die sich mit schmerzverzerrtem Gesicht den Rücken hielt. Sie nickte.

„Ich habe mich nur ziemlich gestoßen"; sagte sie. „Laila hat sich mit beiden Füßen von der Wand abgestoßen. Da bin ich mit voller Wucht gegen den Türrahmen geknallt."

„Kannst du weitermachen?"

„Ja, denke schon", bestätigte Sarah.

„Gut, dann nimmst du diese Treppe und ich folge dem Mädchen", entschied Kenneth und rannte los den Gang hinunter, an dessen Ende Laila gerade durch die Tür zur Nebentreppe verschwand.

Kenneth: „Rodriguez?"

Rodriguez: „Nach oben, sie läuft nach oben!"

Im Laufen drehte sich Kenneth noch einmal um. Sarah raffte sich auf und lief ebenfalls los, wenn auch sichtlich eingeschränkt. Aber auf jeden Fall konnte er sie getrost zurücklassen. Der Gang schien endlos lang. Als

Kenneth endlich das kleinere Treppenhaus erreichte, hatte er das Gefühl, Laila könnte bereits überall im Haus sein. Aber dem war nicht so.

Dr. Mitchell: „Ich glaube, Laila ist hier auf meiner Station, ich habe gerade etwas gehört. Ich gehe mal nachsehen."

Kenneth spitzte die Ohren. Wenn das stimmte, war Laila nur ein Stockwerk über ihm. Er hastete die Treppe hinauf, hangelte sich mehr um die Kurven, als dass er lief. Gerade, als er die Tür zur Station aufziehen wollte, meldete sich Mitchell wieder.

Dr. Mitchell: „Verdammt, die Fahrstuhltüren schließen sich, ich glaube, sie ist im Fahrstuhl. Aber den kriege ich nicht mehr."

Kenneth: „Fährt er rauf oder runter?"

Mitchell schaute von der anderen Seite des Ganges zu ihm herüber.

Dr. Mitchell: „Runter."

Der junge Doktor verschwand im Treppenhaus. Kenneth blieb stehen, unsicher, wie er nun vorgehen solllte. Sollte er ebenfalls hinunter laufen oder warten und hoffen, dass die anderen Laila abfangen würden?

Rodriguez:	„Negativ, Laila ist nicht im Fahrstuhl. Ich wiederhole: Der Fahrstuhl ist leer!"
Kenneth:	„Wo zur Hölle ist sie dann?"
Rodriguez:	„Tut mir leid, ich weiß es nicht."

Kenneth fluchte. Laila hatte sie hereingelegt. Und nun war er keinen Deut schlauer. Hatte Laila den Fahrstuhl nach unten geschickt, um selbst nach oben zu laufen? Oder rechnete sie damit, dass man sie durchschauen würde? Nein, Laila hatte schnell handeln müssen und für derlei Gedankenspiele sicher keine Zeit gehabt. Also lief Kenneth weiter nach oben.

~

Laila rannte um ihr Leben. Ihr Herz pochte so heftig, dass es drauf und dran schien, ihren Brustkorb zu durchschlagen. Ihre Lungen brannten. Alles, was sie voran trieb, war dieser eine Gedanke: *Zurück nach Hause, zurück zu Ben.* Aber sie konnte nicht nach Hause. Sie befand sich wieder in demselben Alptraum, den sie schon seit Jahren träumte. In diesem Traum konnte sie das Schulgelände nicht verlassen. Wann immer sie es versuchte, kam ein wütender Mob aus Schülern und Lehrern angerannt und trieb sie wieder zurück ins Schulgebäude. Dort ging die Hatz weiter, denn Laila wollte auf keinen Fall in den Unterricht zurück. Nun lief sie panisch durch die Flure und Gänge, um der wilden Meute zu entkommen. Doch es gab kein Entkommen. Die Hatz setzte sich unermüdlich fort, bis ein kühner Sprung in die Tiefe Laila rettete. Gerade war sie den Häschern durch das Materiallager der Kunsträume entwischt, als vor ihr auf dem Gang plötzlich der Fußboden fehlte. Gerade noch konnte sie sich an der Türklinke festhalten. Beinah wäre sie kopfüber hinunter gestürzt. Gerade noch gut gegangen. Aber jetzt musste sie sich in Bruchteilen von Sekunden entscheiden: Sollte sie sich an der Wand entlang schieben oder springen? Hinter der Tür hörte sie bereits den Mob heranstürmen. An der Wand würde sie nur langsam vorankommen, die Häscher würden aufholen und sie sehen. Aber sie fürchtete sich zu sehr, der Meute unter die Augen zu treten. Die Angst würde sie lähmen und die Häscher würden sie kriegen. Sie konnte ihren Vorsprung nicht aufgeben. Also entschied sie sich zu springen. Es war jedes Mal dasselbe. Sie würde unsanft aufkommen, aber ihren Vorsprung damit uneinholbar ausbauen, sodass sie entkommen und endlich auf-wachen konnte. So würde es auch dieses Mal sein.

~

Im Fahrstuhl war es angespannt still geworden. Jeder war aufgebracht und hatte eine Menge Fragen, sah aber ein, dass daran im Augenblick nichts zu machen war. Carol und Daneberg vermieden es so gut es ging, sich in die Augen zu sehen. Bernard, der sich fest an Carols Hand klammerte, war eifrig bemüht, Löcher in den Boden des Fahrstuhl zu starren. Ben kaute auf seiner Unterlippe herum. Er versuchte krampfhaft, den Umstand, dass Laila wach war, mit seiner Theorie in Einklang zu bringen. Es musste mit Danebergs Behandlung zu tun haben, aber was bedeutete das für Lailas derzeitigen Zustand?

Kenneth: „Doktor, Laila ist raus zum Hubschrauberlandeplatz!"

„Sie ist auf dem Dach?!" Bernard hatte auf einen Schlag seine Stimme wiedergefunden.

Daneberg: „Wie konnte sie denn dort hingelangen?"

Kenneth: „Sie hat Amys Schlüsselkarte. Soll ich raus zu ihr?"

„Um Himmelswillen, holt sie da runter!", forderte

Bernard, der sich von Carols Hand löste und vor Daneberg trat. Aber der Doktor gebot ihm mit erhobenem Zeigefinger Einhalt.

Daneberg: „Besteht unmittelbare Gefahr?"

Kenneth: „Ich würde sagen, nein. Im Augenblick läuft sie die Brüstung entlang und schaut immer wieder hinunter, so als suche sie etwas."

Daneberg: „Gut, dann gehen Sie nicht raus zu ihr! Lassen Sie Laila glauben, sie hätte Sie fürs erste abgehängt. Wir sind in einer Minute da."

„Aber... wieso denn nicht jetzt gleich? Was, wenn sie doch springt?" Bernard schaute Daneberg ungläubig an.

„Mr. Waters. Nach allem, was passiert ist, muss ich davon ausgehen, dass Mitglieder des Krankenhauspersonals Laila in Panik versetzen. Was wir im Augenblick aber sicher nicht erreichen wollen, sind panische Überreaktionen Ihrer Tochter. … Nicht noch weitere."

Rodriguez: „Soll ich die Feuerwehr verständigen, Doktor?"

Daneberg: „Ja, sehr gut, machen Sie das,

Rodriguez. Und alarmieren sie schon mal die Notaufnahme!"

Dann wandte Daneberg sich wieder an die Waters.

„So wie ich die Sache sehe, haben wir die besten Chancen, Laila unbeschadet dort wegzubekommen, wenn einer von uns dort rausgeht. Und ich fürchte, ich selbst komme als Teil des Krankenhauspersonals nicht in Frage." Er schaute in die Runde, als müsste er eine Wahl treffen. Doch sein Blick blieb zielsicher bei Ben hängen.

Carol meinte, es gäbe doch so vieles im Leben, woran man sich erfreuen könne. Sie würde sich zum Beispiel darüber freuen, wie schön die Blumen im Garten wachsen. Aber was interessieren mich die Blumen? Ich will mich nicht freuen, sondern glücklich sein. Lachen und sich freuen kann man immer – auch wenn man unglücklich ist.

Das Leben ist eine fortwährende Abfolge von Leid. Man kann ihm nicht entrinnen. Auf jedes abgestellte Leiden folgt das nächste. Und die Leute spüren das. Deswegen sind sie dazu übergegangen, ihr Glück in der Freude zu suchen. Sie kaufen lauter Zeugs, von dem sie sich versprechen, dass es sie glücklich mache. Immer teurer, immer schöner, immer besser. Jedes Wochenende gehen sie auf Party, um sich den wöchentlichen Kick zu holen, der sie für die zuvor durchlittenen Werktage entschädigt.

Sie trinken, rauchen und werfen sich andere Drogen rein. Immer aufregender und abgefahrener muss es werden bis zur völligen Ekstase, weil es nicht funktioniert. Natürlich nicht, denn die Freude kann das Leid immer nur kurzfristig überdecken. Sobald sie abklingt, ist das Leid wieder in seiner ganzen Stärke da. Und selbst die größte Euphorie ist nie von Dauer. Hinzukommt noch die Enttäuschung, wenn eine angestrebte Freude nicht erreicht wurde. Nichts als zusätzliches Leid. Wahres Glück liegt in der Abwesenheit von Leid. Und die gibt es nicht.

Laila

Ungläubig starrte Laila in den Abgrund hinab. Unten lag die nasse Straße und das war es, was sie nicht wahrhaben wollte. Dort unten, wo nun tiefes Wasser hätte sein sollen, lag noch immer die Straße. Es hatte aufgehört zu regnen und infolgedessen war das Wasser nicht weiter angestiegen. Dem Funken letzter Hoffnung folgend lief Laila die Brüstung entlang, schaute immer wieder nach unten. Nichts. Der Asphalt war zwar voller Pfützen und Rinnsale, aber es war unmöglich, darin unterzutauchen, von dort oben allemal. Aber hinunterlaufen konnte sie nicht, dort lauerten überall die Häscher der Forscher. Fluchend stützte sie die Hände vor sich auf die Brüstung, entsandte einen stillen Schrei in die Nacht hinaus und sackte zusammen. Mit der Stirn gegen das Mauerwerk gelehnt versuchte sie zu weinen, sich ihrer Verzweiflung zu ergeben. Doch ihr Schluchzen blieb trocken.

Wach auf Laila, du musst aufwachen. Wach endlich auf! Sie hatte es schon früher geschafft, sich selbst aus einem allzu schmerzhaften Traum aufzuwecken. Sie würde einfach nach vorn gesogen werden, die Augen öffnen und zuhause wieder aufwachen. Mit aller Kraft konzentrierte sie sich darauf aufzuwachen. Aber so sehr sie sich auch anstrengte, es wollte ihr einfach nicht gelingen. Entmutigt ließ sie die Hände hinunter gleiten. *Aber natürlich!* Als sie den nassen Beton an den Fingern spürte, war ihr plötzlich, als löse sich ein Knoten in ihrem Kopf. Wenn dies nur ein Traum war, dann konnte sie doch alles tun, was sie wollte. Nichts war mehr unmöglich. Wieso war ihr das nicht früher eingefallen? Die ganze Zeit über hatte sie diesen Horror über sich ergehen lassen, obwohl sie es die ganze Zeit über in der Hand gehabt hätte. Wenn das Aufwachen nun nicht klappen wollte, dann konnte sie doch zumindest dafür sorgen, dass das Wasser wiederkäme. Kurz darauf schwoll unten auf der Straße ein Tosen und Brausen an, als befände sie sich direkt oberhalb der Niagarafälle. Laila sprang auf. Tatsächlich, das Wasser kam zurück! Rauschend füllte es die Welt, preschte durch die Straßen, flutete über den Asphalt, brandete in Hauseingänge und riss Mülltonnen um. Nur Sekunden später donnerten die Wassermassen gegen das Gemäuer des Gebäudes, stieg daran empor, erklomm die Stockwerke, verschlang Autos und Bäume. Nun war mehr als genug Wasser da.

Eilig kletterte Laila auf die Balustrade und richtete sich auf. Ihr dünnes Krankenhaushemd flatterte in der leichten Brise des tosenden Wassers in der Tiefe. Die

Erlösung schien nur einen Windstoß entfernt. Aber ein Restzweifel blieb. Es sah einfach noch immer verdammt hoch aus. War dies der richtige Weg? Unwillkürlich musste sie daran denken, wie sie in einer ähnlich nasskalten Nacht auf dem Brückengeländer gestanden hatte. Sie war sich ihrer Sache sicher gewesen, als sie aufgebrochen war. Keinen Tag länger wollte sie das Leben ertragen müssen. Aber je näher sie der Brücke gekommen war, je näher die endgültige Entscheidung gerückt war, desto unsicherer wurde sie. Als sie schließlich an den Pfeiler geklammert auf dem Geländer gestanden hatte, war er längst wieder da, der eine Gedanke. *Was wäre, wenn doch?*

Ein naiver Gedanke, es war hoffnungslos. Zaghaft verlagerte sie ihr Gewicht, lehnte sich Millimeter um Millimeter nach vorn. Es würde plötzlich einfach passieren. Sie würde den Halt verlieren und dann wäre es nicht mehr ungeschehen zu machen. Das Sehnen und Hoffen gingen zu Ende und der ganze Spuk wäre endlich vorüber. Für immer.

Bei dem Gedanken daran wurde ihr etwas schummrig. War das ihr Kreislauf? Wann hatte sie zuletzt etwas getrunken? Wie benommen trieb ihr Blick über die Dächer der Häuser und in den wolkenverhangenen

Himmel, der sie stets wie ein dicker Teppich zu ersticken drohte. Bald nicht mehr, bald würde sie sich in Nichts auflösen.

Dann schreckte sie auf. Hatte gerade jemand ihren Namen gerufen? Träge sah sie sich um. Ihr lockiges Haar wehte ihr ins Gesicht. Verschwommen nahm sie wahr, wie sich ihr jemand langsam näherte. Ein junger Mann mit dunklem Haar. Es konnte der sein, dem sie auf der Treppe begegnet war. Aber genau vermochte Laila es aus dem Augenwinkel nicht auszumachen. Mit halb erhobenen Händen schlich der Häscher so zögerlich auf sie zu, als bewege er sich auf einer brüchigen Eisfläche. Seine Hände zitterten vor Anspannung. Wenn er sich nicht durch sein Rufen verraten hätte, hätte Laila angenommen, er pirsche sich an sie heran.

„Laila, bitte, komm da runter", sagte der Häscher. Aber Laila hörte nicht hin, sondern wandte sich wieder dem Abgrund zu. Wenn sie wirklich springen wollte, musste sie es schnell tun, bevor der Häscher sie erreichte. Er würde sie wieder zurückbringen zu den Forschern. Dann würden sie ihre Experimente an ihr durchführen. Das durfte nicht geschehen. Unter ihr schäumte die Gischt des tosenden Wassers, bereit, sie zu verschlingen. Doch es war noch immer ein schrecklich tiefer Sprung. Nur, warum fürchtete Laila sich so sehr davor? Sie war in ihrem Alptraum so oft gehetzt worden und todesmutig in die Tiefe gesprungen und jedes Mal hatte sie dieser Mut gerettet. Sie musste Vertrauen haben, war aber wie immer unsicher. Verzweifelt sah sich Laila noch einmal um. Der Häscher hatte sie fast erreicht. Wenn sie jetzt nicht sprang, würde es zu spät sein. Also schloss sie die Augen, breitete die Arme aus und atmete tief durch. Tu es für Ben, sprach sie sich zu und ließ sich nach vorn kippen.

„Laila, nicht!"

Ein heftiger Stoß durchfuhr sie, weil der Häscher mit einem Satz herangestürzt kam und mit beiden Armen ihre Schenkel umschlang. Ihr Gewicht zog ihn mit nach vorn, aber die Brüstung hielt ihn zurück. Mühsam verlagerte er sein Gewicht nach unten. Er drückte die Knie gegen das Mauerwerk und warf sich mit aller Kraft nach hinten.

„Oh mein Gott!", schallte es aus der Ferne. Laila wurde von den Füßen gerissen. Gemeinsam stürzten sie zu Boden. Der Angreifer stöhnte auf, als sie auf ihm landete. Dennoch griff er sofort um, hielt ihren Körper und ihre Oberarme fest umfasst. Laila versuchte, sich loszureißen. Sie strampelte und zappelte, wand sich wie ein gefangenes Tier.

„Lass mich los! Ich will keine Sonde in meinem Kopf haben. Lass mich gehen, ich will nach Hause!", schrie sie, aber es war zu spät. Der Häscher hatte sie zu fest im Griff. Warum nur hatte sie gezögert? Woran hatte sie gezweifelt? Sie musste weg, raus aus dieser Welt, raus aus diesem Albtraum.

„Laila, hör auf, ich bin es!", sagte ihr Angreifer. Laila erstarrte. Diese Stimme würde sie noch unter tausenden erkennen.

„Ich bin es, Ben", bekräftigte er noch einmal. „Und ich werde dich ganz sicher nicht loslassen. Nicht, so lange die Gefahr besteht, dass du dort hinunterspringst." Aber Laila beruhigte sich bereits. Denn auch, wenn es nur ein Traum war, waren es dennoch Bens Arme, die sie umschlungen hielten. Und nichts wünschte sie sich sehnlicher als das.

„Nein, bleibt zurück, ich kriege das hin", rief Ben, doch seine Worte galten nicht ihr. „Bitte, wartet noch!" Laila legte den Kopf in den Nacken. Überkopf sah sie drei dunkle Gestalten vor dem Licht des Treppenhauses. Eine von ihnen versuchte die anderen zurück-zubewegen. Widerwillig gaben sie schließlich nach.

Unterdessen kramte Ben mit einer Hand in seiner Umhängetasche, während er sie mit dem anderen Arm weiter festhielt. Zwar wehrte sich Laila nicht mehr, aber das musste nicht bedeuten, dass sie nicht die nächst beste Gelegenheit zur Flucht nutzte.

„Ganz ruhig, hab nur einen Augenblick Geduld, es wird alles gut", ächzte Ben, während er ein Bündel hervorzog, ein Handtuch, in welches offenbar etwas eingewickelt war. Einhändig wickelte er das Bündel aus.

„Hier. Ich hoffe, es ist heil geblieben", sagte er, als der Gegenstand allmählich zum Vorschein kam. Es war das kleine Aquarium mit den Garnelen und es war heil geblieben. Ben hielt es Laila hin, jedoch ohne ihre Oberarme freizugeben. Sprachlos nahm Laila das Glasei entgegen, in dem die winzigen Tierchen aufgeregt umherschwammen. Derartige Turbulenzen waren sie nicht gewohnt. Laila hingegen beruhigte sich merklich. Ihr Atem verlangsamte sich, die Spannung wich aus ihren Gliedern. Da löste Ben zögerlich seinen Griff und seine Schwester konnte sich aufsetzen. Sie rutschte von ihm herunter, damit auch er sich aufrichten konnte. Einen Moment lang saßen sie stumm nebeneinander. Ben musste erst einmal durchatmen.

„Heilige Scheiße", hauchte er. Dann legte er einen Arm um Lailas Schultern und holte sein Mobiltelefon hervor. Mit einem geschickten Daumenstrich aktivierte er die Taschenlampe.

„Siehst du, Schwesterchen", sagte Ben, während er hinter das Glasei leuchtete. „Dies ist kein Traum. Ich bin es wirklich. Und niemand hier will dir eine Sonde ins Gehirn setzen. Die Leute, denen du begegnet bist, wollen dir nichts tun. Es sind Ärzte und Krankenpfleger aus diesem Krankenhaus. Sie wollen dir nur helfen. Wir alle wollen dir helfen." Ben wartete einen Augenblick auf eine Reaktion seiner Schwester, aber Laila erwiderte nichts. Mit angewinkelten Beinen saß sie einfach nur dort und starrte in das Ei. Durch nichts ließ sie erkennen, ob sie verstanden hatte oder nicht.

„Mom und Dad warten dort hinten und Doktor Daneberg ist auch bei ihnen. Sie haben sich große Sorgen gemacht und würden sich sehr freuen, wenn du zu ihnen gingst, damit sie sehen, dass es dir gut geht", fuhr Ben fort. Noch immer sagte Laila nichts. Sie gab jedoch ein leises Schniefen von sich.

„Du musst auch keine Angst haben", sagte Ben. „Niemand ist dir böse. Niemand denkt schlecht über dich. Wir wollen nur, dass es dir wieder gut geht." Er spekulierte nur darüber, was Laila durch den Kopf gehen mochte, aber kurz darauf begann Laila zu weinen. Zunächst lautlos, kaum merklich, doch schon bald weinte sie bitterlich. Da zog Ben sie dichter an sich heran. Das Ei an sich gepresst wie ein Kuscheltier ließ Laila ihren Kopf auf seine Schulter sinken. Unwillkürlich streichelte Ben ihr den Rücken.

Ben

Es dauerte eine Weile, bis endlich jemand den weißen Flur hinuntergeschlurft kam. Aber schließlich öffnete eine Pflegerin die Glastür einen Spalt breit und streckte den Kopf heraus.

„Ja?", fragte sie in misstrauisch abweisendem Ton, der kein Verständnis dafür erkennen ließ, dass jemand von außen es wagte, die Ruhe ihrer heiligen Hallen zu stören.

„Mein Name ist Ben Waters. Ich bin hier, um meine Schwester zu besuchen." Als die Pflegerin dies hörte, hellte sich ihre Miene ein wenig auf. Der Störenfried hatte ein legitimes Anliegen, dann war es wohl gut.

„Sie wollen zu Laila? Weiß sie, dass Sie kommen?", fragte die Pflegerin weniger barsch. Ein Rest Zweifel schien geblieben.

„Sicher, ich muss ihr schließlich noch einige Sachen bringen", antwortete Ben.

„In Ordnung, ich werde kurz fragen, ob Laila Sie sehen will." Ben war etwas irritiert, nahm aber an, dass dies die normalen Gepflogenheiten dieser Station waren. Für Ben bestand kein Zweifel, dass Laila ihn sehen wollte.

Sie hatte ihn in der Nacht gar nicht erst gehen lassen wollen. Es hatte eine Menge Überredungskunst gekostet, sie dort allein zurückzulassen. Nach einer Weile kehrte die Pflegerin zurück.

„Kommen Sie mit, ich bringe Sie auf Lailas Zimmer", sagte sie und stieß die Tür weiter auf, um ihn herein zu lassen. Ben schlüpfte hindurch, wartete dann aber, bis die Pflegerin die Tür wieder geschlossen hatte und vorausschlurfte. Offenbar sah man es dort nicht gern, wenn Besucher sich frei auf der Station bewegten. Selbst dann nicht, wenn der Weg so kurz war, wie zu Lailas Zimmer: Es ging einfach geradeaus, am Aufenthaltsraum vorbei, an der T-Kreuzung links, gleich auf der rechten Seite, in Sichtweite des Glaskabuffs, in dem das Büro lag, wo einige Pfleger miteinander quatschten. Die Pflegerin bei ihm klopfte kurz an Lailas Tür, wartete aber keine Antwort ab, sondern streckte einfach den Kopf hindurch.

„Laila? Dein Besuch ist da", sagte sie in den Raum hinein und dann an Ben gewandt: „Gut, Sie können nun hineingehen." Ben nickte nur. Die Pflegerin machte ihm den Weg frei und verschwand.

Ben atmete tief durch und trat ein. Laila saß mit angezogenen Beinen auf ihrem Bett und starrte ins

Leere. Sie war allein. Das Bett auf der gegenüber-liegenden Seite schien unberührt. Auch das Fehlen sonstiger Habseligkeiten deutete darauf hin, dass sie das Zimmer derzeit generell für sich allein hatte.

„Hey", sagte Ben in bemüht neutralem Ton. Er musste erst einmal herausfinden, in welcher Gemütsverfassung sich seine Stiefschwester befand. Er schloss die Tür.

„Hey", erwiderte Laila und sah träge zu ihm auf. Als ihr Blick wieder hinuntersackte, fiel er auf die Sporttasche in Bens Hand.

„Ich bringe dir ein paar Sachen, die du brauchen könntest", erklärte Ben und setzte die Tasche neben seine Schwester aufs Bett.

„Wie lange soll ich denn hier bleiben?", fragte Laila angesichts der schweren Tasche etwas erschrocken.

„Nur bis die Ärzte sicher sind, dass du keine Gefahr mehr für dich und andere darstellst." Ben setzte sich auf die Kante des freien Betts.

„Ich bin keine Gefahr mehr", sagte Laila kleinlaut.

„Das weiß ich. Aber meinst du nicht, dass es vielleicht trotzdem besser ist, wenn die Ärzte eine Weile ein Auge auf dich haben?" Laila schüttelte den Kopf.

„Was können die schon machen? Die können auch nicht dafür sorgen, dass die Welt sich ändert." Diese Haltung war Ben während der Lektüre von Lailas Klagebuch schon öfter begegnet. Anstatt dass Laila sich der großen weiten Welt anpasst, soll sich die ganze Welt verändern. Dass mit ihr selbst vielleicht etwas nicht stimmte und es ihr deswegen nicht gut ging, war in Lailas Gedankenwelt nicht einmal eine vage Möglichkeit.

„Dann denkst du nicht, dass du Hilfe brauchst?", hakte Ben nach. Laila seufzte leise, biss sich auf die Unterlippe, schaute zur Seite. Dann schüttelte sie wieder den Kopf.

„Nein, ich brauche keine Hilfe. Ich brauche dich", sagte sie. Ben hob die Augenbrauen. Aber seine Überraschung war gespielt. Er wollte Laila nicht vom Thema abbringen, indem er darauf hinwies, dass er ihr Tagebuch gelesen hatte und somit wusste, was sie im Begriff war zu offenbaren.

„Aber du hast mich doch. Siehst du nicht? Ich bin doch hier. Und ich werde immer für dich da sein. Ich bin dein Bruder", sagte er.

„Nein, nicht so. Ich brauche dich richtig. Ich... ich liebe dich, Ben! Verstehst du?" Ben sagte nichts. Er wusste nicht, wie er angemessen reagieren sollte. Also fuhr

Laila fort:

„Nicht so, wie einen Bruder. Ich liebe dich richtig. Ich will einfach nur immer bei dir sein und dann wird alles wieder gut." Laila hielt den Atem an. Nun, da sie Ben die Wahrheit gesagt hatte, gab es kein Zurück mehr. Der letzte Funken Hoffnung – *Was wäre, wenn doch?* – war im Begriff, im Winde zu verwehen und zu erlöschen. Ihr ganzes Leben hing davon ab, wie Ben nun reagieren würde.

Ben schluckte. Er wusste, was er ihr sagen musste, doch er wusste nicht wie.

„Wie stellst du dir das vor? Wir sind doch Geschwister", versuchte er es schließlich.

„Aber nicht richtig", protestierte Laila. „Wir sind nicht blutsverwandt, meine ich. Wenn wir wollen, können wir auf den ganzen gesellschaftlichen Quatsch scheißen und miteinander glücklich sein." Sie war ihm offenbar meilenweit voraus. Dennoch schüttelte Ben den Kopf.

„Für mich bist du meine richtige Schwester und das wirst du auch immer bleiben." Er sah, wie Lailas Augen wässrig wurden. „Versteh mich nicht falsch. Ich habe dich furchtbar gern, aber ich kann dir nicht geben, was du von mir willst."

„Niemals? Auch nicht, wenn ich ausgezogen wäre und unsere Eltern nichts davon wüssten?" Wenn die Situation eine andere gewesen wäre, hätte Ben diese naiven Fantasien sogar ein bisschen niedlich gefunden. Aber es behagte ihm nicht, wesentlicher Teil davon zu sein.

„Darum geht es doch gar nicht", wehrte er ab.

„Worum geht es dann?", schoss Laila zurück. Ben ächzte auf. Es halft nichts, es musste raus, klar und deutlich.

„Ich liebe dich einfach nicht auf die Art, wie du es dir wünschst. Versteh das doch!" Einen Augenblick sah Laila ihren Bruder einfach nur an. Dann verschwamm sein Antlitz vor ihren Augen und sie fing an zu weinen. Sie verspürte den Drang davonzulaufen, ganz weit weg. Sie würde rennen, bis sie nicht mehr weiter konnte und zusammenbrach. Mit etwas Glück würde sie an der Überanstrengung sterben. Aber sie konnte nicht weg, denn sie durfte das Gebäude nicht verlassen. Es gab lediglich einen Innenhof, auf den man gehen konnte, um zu rauchen oder um sich über die Pfleger und Ärzte auszulassen, als ob die an allem Schuld seien. Auch sonst konnte sie der Situation nicht entfliehen. Nirgendwo gab es einen Ort, an dem sie sich hätte verkriechen können. Und selbst, wenn es ihn gegeben hätte, wäre es sinnlos gewesen. Es hatte alles keinen Sinn. Sie konnte dem Schmerz nicht entfliehen. Er saß in ihr drin, riss ihr Herz in Stücke und fraß sie von innen auf.

Plötzlich spürte sie Bens Arm um sich. Sie hatte gar nicht bemerkt, wie er aufgestanden war und sich neben sie gesetzt hatte.

„Ich weiß, es tut jetzt fürchterlich weh", sagte er. „Aber du wirst sehen, das geht vorbei mit der Zeit."

„Mh-mh. Ich habe jetzt nichts mehr", schluchzte Laila.

„Doch, du hast einen Bruder. Und eines Tages wirst du erkennen, dass es viel besser ist, einen Bruder zu haben als einen Liebhaber. Denn er bleibt einem für immer, während man Liebhaber nur allzu leicht wieder verliert. Du bist ein hübsches Mädchen. Männer kannst du viele haben. Aber du hast nur einen Bruder." Laila rang nach Luft. Zwang sich mit dem Weinen aufzuhören, wurde aber immer wieder übermannt. Sie lehnte den Kopf an Bens Schulter, wie sie es schon in der Nacht getan hatte, und er streichelte ihr über das Haar.

„Was auch passiert", sagte er. „Ich werde immer für dich da sein."

„Versprochen?", schniefte Laila.

„Versprochen. Und wenn ich gerade nicht bei dir sein kann", begann Ben, doch bevor er weitersprach, öffnete er mit einer Hand die Sporttasche. Zum Vorschein kam Lailas Kuscheltier.

„- dann passt Franklin so lange auf dich auf." Er nahm den Waschbären aus der Tasche und gab ihn Laila in die Arme, die ihn fest an sich drückte. Ben hatte das Gefühl, er müsste noch mehr sagen, um seine Schwester aufzumuntern, ihr Mut zu machen. Aber er wusste beim besten Willen nicht, was. So saßen sie einfach nur da. Laila lag still in seinem Arm. Nur ab und zu gab sie ein Schniefen von sich. Weil Ben nichts zu sagen wusste, schaute er aus dem Fenster. Die Sonne schien und ließ das junge Grün der Bäume im warmen Licht erstrahlen. Lieber hätte er den Tag mit Laila draußen verbracht. Sie hätten wie früher zum Badesee fahren oder in den Vergnügungspark gehen können. Aber Laila hatte keinen Sinn für das schöne Wetter. Vermutlich bliebe es selbst dann reines Wunschdenken, wenn sie nicht ohnehin auf der Station hätte bleiben müssen.

„Fragst du dich eigentlich manchmal, was der Sinn von all dem ist?", fragte Laila plötzlich, ohne sich zu rühren.

„Von was allem?"

„Na, vom Leben. Es hat so viele, zum Teil aberwitzig aufwendige Strategien entwickelt, um sein Fortbestehen zu sichern, dass man den Eindruck bekommt, das Leben wolle um jeden Preis fortbestehen. Aber warum? Wozu das alles?"

„Das Leben *will* fortbestehen?" Ben musste schmunzeln. „Meinst du nicht, dass du die Tatsachen etwas verdrehst? All die Lebensformen überleben nur, *weil* sie dazu geeignet sind. Sie sind doch nicht dazu geeignet, *damit* sie überleben. Das Leben selbst will gar nichts. Es ist schließlich keine Person."

„Natürlich nicht", erwiderte Laila. „Ich denke nur immer, dass ich die ganze Scheiße besser ertragen könnte, wenn ich nur wüsste, wozu ich es tun soll." Ben merkte, dass er sich mit einem Mal auf sehr dünnem Eis bewegte. Wenn er sich unvorsichtig ausdrückte, würde er Laila in ihren Ansichten nur bestärken.

„Das Leben selbst hat keinen Zweck. Zwecke werden von Personen gesetzt, sie sind Ausdruck ihres Willens. Du selbst kannst deinem Leben also Sinn verleihen, indem du dir Ziele setzt. Die Natur macht dir dort keine Vorgaben", erklärte Ben. „Eigentlich fand ich das auch immer recht tröstlich. Einen Sinn, den es nicht gibt, kann man schließlich nicht verfehlen. Du kannst machen, was *du* willst."

„Und wenn ich einfach nur will, dass es vorbei ist?" Ben fluchte innerlich. Sie hatte ihn im Handumdrehen aufs Glatteis geführt. Was sollte er darauf antworten? Er flüchtete sich in eine Gegenfrage:

„Sagtest du nicht, du seist keine Gefahr mehr für dich und andere?"

„Bin ich auch nicht", seufzte Laila. „Nimm es einfach als hypothetische Frage." Ben schürzte die Lippen.

„Interessiert dich der allgemeine Konsens oder meine persönliche Haltung dazu?", fragte er und kam sich vor wie in einer mündlichen Prüfung.

„Den Konsens kenne ich. Seinetwegen bin ich hier oder nicht?", sagte Laila. Ben nickte.

„Also gut. Ich denke, die Entscheidung, nicht mehr leben zu wollen, ist genauso eigenverantwortlich wie jede andere auch. Wer hierin Vorschriften machen möchte, spricht einem die Mündigkeit ab." Er machte eine kurze Pause, bevor er den Gedanken zu Ende ausführen konnte.

„Da ich dich für mündig halte, müsste ich es also akzeptieren, wenn du wirklich sterben wolltest", sagte er schließlich.

„Worüber diskutieren wir dann?"

„Darüber, wie wohlüberlegt dein Wunsch ist", erwiderte Ben und dann etwas eindringlicher:

„Ich will dich auf keinen Fall verlieren, Schwesterchen." Laila kuschelte sich fester an seine Schulter.

„Können wir Momente wie diesen denn auch in Zukunft haben?", fragte sie.

„Natürlich, das versuche ich dir ja die ganze Zeit klar zu machen", antwortete Ben.

„Auch wenn du eine Freundin hast?", hakte Laila nach.

„Auch dann", bestätigte Ben.

„Und wenn sie es nicht zulassen will?"

„Dann kann sie mir mal den Buckel runterrutschen. Ich werde doch wohl meine Schwester in den Arm nehmen dürfen!"

„Dann ist gut", sagte Laila.

~

Als Ben aus Lailas Zimmer trat wartete Doktor Daneberg bereits auf ihn, die Hände wie immer in den Taschen seines Ärztekittels. Offenbar hatte Carol ihm nicht den Kopf abgerissen. Statt einer Begrüßung wies er ihm nur mit einem Nicken ihn zu begleiten. Ben folgte dem Aufruf wortlos und so gingen sie gemeinsam den langen Flur hinunter. Als sie außer Hörweite von Lailas Zimmer waren, stieg Daneberg ohne Umwege ins Thema ein:

„Du weißt, dass Laila nur die Lösung ihrer Probleme auf dich projiziert?", fragte er. „Das, was sie für Liebe hält, ist nur ein Platzhalter für den Weg aus ihrer Depression." Ben zog die Lippen ein und nickte.

„Ich fürchte aber, es ist unmöglich, ihr das auszureden", antwortete er.

„Das Problem ist", fuhr Daneberg fort, „dass Laila in einer sehr kleinen Welt lebt. Sie fühlt sich von ihrer Umwelt und der Gesellschaft eingeengt, bedrängt, in feste Bahnen gelenkt. Ein Außerhalb dieser Zwänge existiert für sie nicht. Und ihr einziger Ausweg ist es, sich in eine noch viel kleinere Erlebniswelt zurückzuziehen, um von alldem nichts mehr mitzubekommen. Sie glaubt, diese vermeintlichen Zwänge nur mit dir an ihrer Seite ertragen zu können."

„Und was können wir dagegen tun?", fragte Ben, der bereits ahnte, dass Daneberg nicht nur gekommen war, um ihm zu erklären, was er selbst längst wusste.

„Nun, es ist nur eine Hypothese, aber möglicherweise können wir uns ihre Fixierung auf dich auch zunutze machen. Sie vertraut dir und würde dir überall hin folgen. Vielleicht bis du der Schlüssel, mit der wir ihre Kapsel öffnen können, ihr weißes Kaninchen sozusagen. Laila muss erkennen, dass sie die Grenzen ihrer Welt auch durchbrechen kann, dass dort hinter unendliche Weiten liegen, in denen sie sich frei entfalten kann. Und nach allem, was mir Laila über dich erzählt hat, bist du jemand, der das Leben durchaus nach seinen Wünschen zu gestalten weiß." Welch positive Um-schreibung für „Lebemann" fand Ben, der das Studentenleben bewusst mit einem klaren Schwerpunkt auf „leben" führte.

„Worauf wollen Sie hinaus?", fragte er. Daneberg lächelte.

„Nun ja, ich glaube", sagte er, „wir könnten alle etwas Urlaub gebrauchen. Meinst du nicht?"

Da ich nicht weiß, wie ich das hier einleiten soll, falle ich einfach mal mit der Tür ins Haus. Ben und ich sind gerade am Flughafen. Wir sitzen vor unserem Gate und warten darauf, dass das Boarding beginnt. Es geht auf eine Reise nach Südamerika. Dad und Carol haben uns Geld gegeben, damit wir möglichst viel sehen können. Die ganzen restlichen Sommerferien werden wir durch ferne Länder reisen und und fremde Kulturen kennenlernen. Ben will mir zeigen, welch wundervolle Dinge die Welt für mich bereithält. Was für Dinge er damit auch immer meint. Er hat mir dieses Notizbuch gegeben, damit ich die Reise für uns dokumentiere. Er meint, wir würden sicher viel Spannendes erleben, das es wert ist, festgehalten zu werden. Wir werden uns nämlich mit dem Rucksack auf eigene Faust durchschlagen. Dabei kann ich nicht einmal Spanisch, geschweige denn Portugiesisch.

Wenn ich ehrlich bin, fürchte ich mich sogar ein wenig vor dem, was uns erwarten mag. Ich war noch nie ohne meinen Vater auf Reisen. Und mit Dad ist immer alles bestens vorbereitet und durchgeplant. Da kann praktisch gar nichts schiefgehen. Zumindest hat es sich stets so angefühlt. Mit Ben verspricht es jedoch anders zu werden. Geplant hat er, wie es scheint, jedenfalls nichts so wirklich. Ich bin mir nicht einmal sicher, dass er auch nur einen einzigen Reiseführer dabei hat. „Unnützer Ballast", sagt er. Fremde Länder lerne man nicht kennen, indem man landsmännische Lektüre liest. Man müsse sich vom Puls des Lebens vor Ort mitreißen lassen.

Keine Ahnung, worauf ich mich da eingelassen habe. Aber Dr. Daneberg ist auch der Auffassung, dass mir ein wenig Abenteuer gut tun könnte. Nachdem ich ihm glaubhaft genug versichern konnte, dass ich nicht versuchen würde, mir etwas anzutun, hat er mich gehen lassen. Aber aus der Sphäre solle ich mich künftig heraushalten. Meine Probleme würde ich nicht lösen, indem ich vor ihnen davonlaufe. Ich müsse mich ihnen stellen. Auch da könne eine solche Reise hilfreich sein.

In diesem Punkt sind die beiden sich einig. Wenn man in fernen Ländern auf sich allein gestellt unterwegs ist, habe man oftmals gar keine andere Wahl, als sich seinen Problemen zu stellen. Doch jedes Mal, wenn man an seine scheinbaren Grenzen stößt und sie überwindet, würde man an sich wachsen. Das solle mir helfen, mehr Vertrauen in mich selbst zu gewinnen und mit mehr Gelassenheit durchs Leben zu gehen, sagen sie. Wir werden sehen.

Erst einmal warten auf mich ein paar Wochen, in denen ich Ben ganz für mich allein habe. Schon das ist mir die Reise wert. Wie es danach weitergeht, kann ich mir dann immer noch überlegen. Er einmal gilt es, sich diese Zeit nicht durch zu viel Denken kaputt zu machen. Vielleicht wird das schon die erste Hürde, die ich nehmen muss.